危険屋稼業

危ない
ショートストーリー

乃元 勉
NOMOTO Ts

文芸社

目次

（主な登場人物）

來栖穣介　危険屋
初田典江　事務所のアルバイト
東山慶子　弁護士
島田剛三　元ヤクザ
麻美　ブルームーンのバーテン
野崎　レンタカー会社の社員

狙撃

1

赤犬がゆっくりと脇を通り過ぎた。
來栖《くるす》穣介《じょうすけ》はチラリと犬を見て足を止めた。
下を向き、歩く犬の目、疲れ切った中年男と同じ目をしている。
犬もあんな目をするのか、
足を止めたと言っても一瞬だけ、來栖穣介は薄汚れた裏道を足早に歩きだした。
歩くのは速い。
長身で細身の男はツッ、ツッ、ツッと何かに急かされるように足早に歩く。

ゴ～ッと、壊れたスピーカーのような音を響かせ、頭の上を列車が通過した。

高架下は音が響く。

薄汚れたポスターが剥がれ、自販機のゴミ箱が倒れていた。穣介は倒れたゴミ箱に目もくれずにその前を通り過ぎた。


人気のない寂しい場所、都心の隙間には時たまこんな場所がある。

穣介がもう少しで高架下を抜けようとした時、パーンッと乾いた音が穣介の目の前を走った。

躰が本能的に曲がり、穣介は５ｍ先の高架橋の石柱に向かい駆けだした。


１秒か２秒の間だ。

穣介が石柱に走り込む前に、また乾いた音が響いた。

石柱に走り込んだ穣介は躰を更に折り、ベルトの左にあるホルスターから右手でリボルバーを引き出し、親指で撃鉄を引き起こした。

躰を曲げたままサッと周りを見渡すが辺りに人影はない。

剥がれかけたポスターに穴が空いていた。

煤けたポスターにはビキニ姿の女がジョッキを持って微笑み、その右胸が撃ち抜かれた。

突然時間が凍り付き、心臓がハンマーで叩かれたガラスのように鳴っている。

あの角だ。

直感だが今はそれに頼るしかない。

穣介は躰を戻すと、ジャケットを脱ぎ、サッと石柱の外に振った。

パン、パン、と乾いた音が2回響き、ジャケットが跳ねるように下に落ちた。

ジャケットが地面に落ちる前に穣介は石柱の逆側から飛び出し、身をグッと落としながら角に見える黒い影に向かいS&WM60の引き金を引いた。

乾いた音が続けて4発高架下にこだまし、穣介は直ぐに石柱に身をひるがえした。

リボルバーの弾は5発。穣介は右のポケットを探るが、10発入れておいた弾のケースがない。

クソ、どこだ……。

確かに右のポケットのはず、

落ち着くんだ。

そう言い聞かせても額から汗が滲み、弾のケースは見当たらなかった。

そうだ、ジャケットの中だ。

思い出した途端、バッドで叩かれたような衝撃が頭に走り、穣介は奥歯を噛みしめた。

なんでこんなミスをした。

自動施錠されるドアを閉めた時に、中に鍵を忘れた事があった。その時よりずっと間が抜けている。

単純だが生死を分けるミスをした。

危険でもジャケットを取るしかない、
僅かに顔を出し、穣介は辺りを窺った。

角に影はなく、高架下にいるのは赤犬だけだ。
狙っているのは一ヵ所とは限らない、
そう思うと余計躊躇してしまうが、賭けるしかなかった。
いくか、いかないか。

いく、と決めた瞬間、穣介はリボルバーを両手で構え、サッと石柱から飛び出し、落ちているジャケットを左手で掴むと再び石柱に飛び込んだ。

ジャケットの右ポケットに弾のケースがあった。

落ち着け、
口の中で呟き、弾丸を拳銃のシリンダーに押し込むが、何故か3個目の弾が上手く入らない。普段なら目を瞑っても出来る事が、目を見開いているのに手間取る。

それでもシリンダーに弾を込めている間に、少し冷静さを取り戻してきた。

撃ってこないし、反応もない。
穣介は連射した時、確かに手ごたえを感じた。
的に当たると感覚で分かる。
神経が研ぎ澄まされると、人も獣と同じに感覚が鋭くなる。

フ～ッと息を吐いた後、穣介は辺りを見廻した。
赤い犬の向こうに人の姿が見え、こちらに向かい歩いてくる。

また賭けだ。
決断しないと、それも今直ぐに。
穣介は身を沈めながら石柱を飛び出し、ジグザグに動きながら角に走った。
撃ってくるか、
極度の緊張が額の汗を止めている。
コイ、コイ、コイ……、

自分を鼓舞するように呟き、穣介は角に飛び込んだ。

誰もいない、
周りを見廻しても人影はない、ただ、地面に血の痕がある。

その後を追い、穣介は呟きながらまた走った。

T字路の前で血痕は消え、タイヤの跡があった。

穣介はT字路まで走り、また角に引き返した。

辺りを見廻しながら、穣介は拳銃を握ったままズボンのポケットにしまい、血の痕を見た。

電車の音が聞こえる。高架下ほど響いた音ではなく、その周りにも人の気配はなかった。

タイヤの跡があるのは急発進をしたから、狙撃したのは1人だ。

そいつは傷を負っている。

車の運転はそいつがしたのだろうか、それとも別の者がいたのかは分からない。

穣介は一度空を見てから高架下に戻った。心臓がバクバクと鳴っている。拳銃をポケットにしまってからだ。心臓の音が聞こえだし、汗が額から噴き出していた。

帽子を被った中年男が新聞を腕に挟み、下を向きながら高架下を歩いて来た。穣介は石柱を飛び出し走った。それは僅かな間の出来事、離れていたので視線を向ける事もなく歩いて来たのだろう。男は穣介を振り向く事もなく歩いていく。

一度唇を舐め、穣介は男を追い越し、また高架下に戻った。ポケットの拳銃を握り、穣介はすれ違いざま、瞬きもせず中年男に神経を集中した。男が小脇に挟んでいるのは競馬新聞、顔つきにも生気を感じられず顎に少し髭が伸びている。

高架下に現れたのは偶然だと思うが、偶然ではないかもしれない。中年男とすれ違うだけで息が詰まる。

穣介はすれ違った男の後ろ姿を見つめながら、ポケットの中で拳銃を握りしめていた。

ほんの僅かな時間が長い、

ホ～ッと息を吐き、穣介は拳銃を握る手を緩めた。

疲れた中年男の背中だ。穣介が視線を正面に戻すと赤犬がこちらを見ていた。

犬は今の男と同じ、人生に疲れた目をしている。

その犬の目が、穣介には自分を憐れんでいるように見えた。

額から流れる汗、左手で握りしめていた右の手首が赤く、心臓の音がまだ耳に聞こえる。一つ間違えば赤い犬の前に倒れ、死んでいた。

赤犬はゆっくりと視線を下げ向きを変えた。犬は頭を垂らしたまま、憐れんだ男から去っていった。

犬も人間も後ろ姿が同じだ。この高架下にはそんな者が集まるのかもしれない。

そして俺もそこにいる。

穣介は穴の空いたポスターを見た。
煤けたポスターのビキニの女も、穣介には疲れた表情に見えた。
微笑んでいるのに何故だ、
たぶん本心からの笑顔ではなく、生きていく為の笑いだからだ。
その女の胸が撃ち抜かれた。

轟音が高架下に響き、列車が通り過ぎていく。
上を見上げた來栖穣介には、列車は見えても、その音は耳に聞こえてはこなかった。

2

まだハッキリ頭の中で整理が出来ない、
だが、いきなり動きだした。
考えるより素早い行動が必要だ、それも相手より早く動かねばならない。

穣介はまず折りたたみの携帯電話で、事務所にいる初田典江に電話を掛けた。

7回目のコールで若い女の声が聞こえた。

「所長、何かご用ですか」

女子大生のような明るく通る声がする。もっとも声は女子大生でも初田典江の歳は29、来年三十路になる。

穣介は所長という言葉が嫌でしょうがない。

事務所にいるのはバイトの典江と穣介だけ、典江に別の呼び方にしてくれと言った事がある。

「では來栖さんか穣介さんですね、穣介様でもいいですよ」

メイクをバッチリ決めれば、銀座は無理でも池袋のクラブでホステスが務まる。歳より大人びた顔で、典江は可愛い声を出した。

可愛い声は地声ではない。顔と声が少しアンバランスな女は、口元に悪戯っぽい笑みを見せた。その提案を拒否したので、穣介はやはり所長になった。今は所長でも社長でも気にしている暇はなかった。

「典ちゃん、緊急事態になった。電話を留守電にして今すぐ帰ってくれ。そして6時間後に俺の携帯に安否確認のメールを入れてほしい」

「緊急事態って、危険が迫っているって事ですか……」

驚いた声だ。しかし怯えた声ではない、この娘、いや女は何かを期待するように声が高くなった。

「伝えるのはそれだけ。いいか直ぐに帰り、暫く事務所に来なくていい。それとおかしな事があれば俺に連絡しろ」

穣介はそれだけ言い、携帯から聞こえる甲高い声を無視して電話を切った。


次はどうする。

時計を見ると昼前の11時35分。

昼飯を食わずに死ぬところだった。今は昼飯を食いたい気分ではないし、その暇もなかった。

まず足の確保だ、
それからどこに行く?

レンタカー会社は番号登録してある、それに担当の野崎は、融通は利くが、車を届けさせると別料金がかかる。それも太った男の懐に入る別料金である。今は時間が勝負、

穣介は歩きながら野崎に連絡を取り、駅前の百貨店の階段を上った。島田剛三《しまだごうぞう》に電話を掛けたのは最上段の隅から、平日の百貨店の階段は人気がなく、上って来る者は直ぐに分かる。

穣介は壁の角に背を張りつけ電話のコールを数えた。

出ない、それに掛けたくない相手でもある。

15回鳴り、切ろうかと思った時、低く少し響く声が手にした携帯から聞こえた。歳よりも若い、ドスの利いた声だ。

「何の用だ」

素っ気ない声に、穣介は携帯を持ったまま少し頭を下げていた。

來栖穣介が手短に話を終えると携帯から声が途絶え、暫くし、また声がした。

「そんな話をされても困る。だが相手が真崎なら少し話をしてもいい」

「真崎を知っているんですか」

「ヤクザの中でも奴はクズだ。そいつが今は実業家の顔をしている。気にくわない奴がのさばるのは面白くはない」

「今は東方コーポレーションの社長で、不正な方法で土地を買いあさってます。それも大規模な都市開発の予定地をね、高値で売れば膨大な金が奴の懐に入ってくる」

都の官僚と癒着をしなければ分からない情報を知っている。

それに政治家も噛んでいる。

「真崎は荒岐田組《あらきだくみ》と親しい、狙撃されたのなら、そこから紹介された奴かもしれん」

「荒岐田組の人間ではないのですか」

「違うね、恐喝ならともかく殺しは別だ。下手をすれば自分の首を絞める」

携帯の向こうで大きな咳が2度聞こえた。

「それに真崎は情報は仕入れても荒岐田組は使わない」

「何故です」

「ヤクザを危険な相手と知っている。そんな相手に裏の仕事を頼めば、揺すられるネタをやるようなものだ。狡猾な男がそんな真似はしない」

「荒岐田組から紹介された金で動く、つまり殺し屋って奴ですかね」

「殺し屋か。映画やテレビではそう言うが、金で引き受ける奴はいる。それも組織に属していない奴だ」

「心当たりはありますか」

「馬鹿な事を言うな、俺はもう足を洗ったまっとうな人間だ。そんな事は分からん」

「手がかりはあります。銃弾の種類から見て、使ったのはコルトです」

「なら警察に頼め、知り合いがいたろう。ブルドッグのような柄の悪い警部が」

馬淵《まぶち》鳫次郎《がんじろう》か、確かに闘犬のような顔でヤクザより柄が悪い男だ。

「過去の荒岐田組の抗争の中にコルトが使われた事があるかもしれん、俺が言えるのはそこまでだ。それにおかしな件で電話を掛けるな、つまらん火の粉は貰いたくないんでな」

「すいません、以後気を付けますよ」

穣介は携帯を持ったまま頭を下げ、切ろうとした携帯からまた低い声がした。

「少し分からんのは、あの狡猾な男が過激な行動に出た事だ」

それは穣介も同じ、まさかあんな事が起こるとは思わなかった。


「真崎を揺さぶったからだと思いますがね……」

死んだ相田弁護士の記録があると言って真崎に会い、脅してみた。

奴は薄ら笑いを浮かべただけだ。

「憶測で書いただけの作り話を、誰がまともに取り上げる。くだらない事でここに来られても困るんだよ」

確かに記録はあった。

そこには真崎の強引な土地の買い上げや、官僚との癒着、それに政治家の名もある。

確かに憶測と言われればそれだけでしかない。物的証拠はないし、情報の出所《でどころ》の明記もなかった。それでも大筋では間違ってはいないはず、不当な手段で土地を取られた被害者の為に身を粉にして調べた記録だ。

その弁護士が突然自殺した。

「まともな新聞社は取り上げなくても、ゴシップネタが好きな週刊誌は飛びつく。政治家と官僚の名が出ているのだから、憶測でも喜んで記事にしますよ」

薄笑いの真崎に穣介はそう言った。

揺すれば何かアクションがある。そう思ったが、まさか弾丸になって返ってくるとは思わなかった。

ヤクザと繋がりがあると聞いていたので、万一の為にリボルバーを携帯した。保険のようなものだが、その万一に出くわしてしまった。それも真っ昼間にだ。

真崎の顔を思い出し、穣介は耳にあてた携帯を2度振っていた。

「自殺した弁護士の遺族から依頼を受けましてね、警察が自殺で処理しても遺族は信じていない。自殺ではないかもしれない」

「そうだな、一度ヤバい事をするとタガが外れる。だから過激な行動にも出られた」

「しかし白昼狙撃はないでしょ、どう見てもまともじゃない」

「いや、まともな奴が撃たれれば世間が騒ぐが、お前が撃たれてもヤクザの抗争で処理されるんじゃねえか」

「おかしな事言わないでください。私は善良な一般市民ですよ」

「善良な奴が拳銃持てるか、世間から見ればお前もヤクザと変わらん。確か危険屋とか言われてるよな」

裏ではそう言われている。

確かに危険屋だ。


電話を切ると來栖穣介は百貨店を出て駅前に向かった。

駅のロータリーに止めてある白いセダンから太った男が降り、穣介を見てあきらかな愛想笑いを浮かべた。嫌な笑いだ、笑顔の似合わないデブだ。

穣介は野崎からキーを受け取り、太った男の胸ポケットに特別料金を押し込んだ。

腕時計を見ると12時半、昼飯を食べている暇はなかった。

検察庁に着いたのは1時20分、羽田正彦が1階の待合室に現れたのはそれから10分後になる。羽田はあきらかに迷惑だという顔を穣介に向け、待合室の椅子に座った。

「言っておきますが俺は忙しいんですよ、それに仕事中に訪ねてくるのはやめてください」

羽田はポケットから煙草を取り出し、口に咥えた。

來栖穣介は煙草の煙が嫌いだ、羽田はそれを知っていてライターで煙草に火をつけた。

洒落たライターを持っている。

ネクタイも着ているスーツもブランド物、つけている腕時計も外国製だ。

「ここは禁煙じゃあないのか」

喫煙場所は他にある。羽田は薄ら笑いを浮かべ、煙草の煙を穣介に吐き出した。

こんな奴に頭を下げるのか、
腹の中でムッとなり、穣介はチラリと腕時計を見た。

外国製ではないがドン・キホーテで買った時計にはストップウオッチも付いている。

いや、外国製かもしれない、ただ、ヨーロッパではない。

今は僅かな時間も無駄に出来ない、穣介は煙草の灰をテーブルの花瓶に落とす男に頭を下げた。

「馬鹿な事言わないでください、そんな事出来るわけないでしょ」

羽田はまたせせら笑った。


タレントの誰かに似ている。

コズルい男だ、外面はよく、口先だけは動く。

仕事はともかく女には小まめな男で、こんな男に引っかかる女がいるのだから、日本の教育はどこか間違っている。


「どうだろう、ここは取引しないか」

「來栖さん、私は忙しいんですよ。もう帰ってください」

來栖さんか、こいつが新人で入って来た時には先輩と言って頭を下げていた。

羽田はまた穣介に煙草の煙を吹きかけてきた。

時間がないしムカつく奴だ。

ここは対応を変えるか、

穣介は羽田に顔を近づけ笑った。

あのデブと同じ笑いだ、

「羽田くん、昔の話になるが君の失敗の尻ぬぐいをした時、このご恩は一生忘れませんと言った事を覚えていないかな」

「あれは昔の話、もう忘れましたね」

昔の話か、忘れたと言って、何でそれを覚えている。

「本来は違法行為になる。あの記録は消したが、また記載する事も出来ると思うがね」

「來栖さん、あなた、現役の検察官を脅していますよ。それ以上ふざけた事を言うと人を呼びます」

羽田は煙草で穣介を差し、

「早く帰ってください」

穣介はその煙草を右手で掴み、羽田の指から引き抜いた。

火のついた煙草を握りしめると指の隙間から黒い煙が上がった。

羽田正彦が驚いたのはそれだけではない、羽田を見る穣介の目が変わった。威嚇ではない、狼が獲物を襲う時は冷静に相手を見る。

來栖穣介はそんな目で羽田を見ながら、ゆっくり右手を開き、握りつぶした煙草をブランド物のスーツの胸ポケットに入れた。

「少し謝礼を出させてもらう。勿論違法行為である事は分かっているが、お互い知らぬ仲ではなし、ここは目を瞑ってくれ」

穣介はまだ煙の出ている右手で、羽田の肩を叩いた。

検察庁を出たのが2時10分、首都高には車を寄せられる路肩がある。

2時38分に白いセダンがそこに止まった。穣介はそこで検察庁で書いたメモを読み返していた。

相田弁護士が住んでいたのは8階建てのマンションの最上階になる。相田弁護士は真夜中にベランダから飛び降り、翌朝マンションの花壇の中に倒れているのを発見された。

夜中の2時頃物音がするのを聞いた住人がいたが、現場の証言はそれだけである。続けて音がすれば窓を開け、確認するだろう。音がしたのは一瞬だけ、それも真夜中だ。それだけではベッドを出て外は見ない。

相田弁護士は背中から落ち、全身打撲で首の骨が折れていた。

警察は他殺と自殺の両面から捜査をし、他殺と認定する物的証拠を見つける事が出来なかった。マンションのドアは鍵が内側から掛かったまま、部屋は荒れた様子もなく、争った形跡もない。

自殺という方向に傾いたのは相田が仕事に没頭し、疲れたとか、イライラしてたまらない。そんな事を聞いたという証言があった為で、確かに朝から晩まで働き通しで疲れた顔であったという。家族を実家に帰し、1人で仕事に没頭した男のストレスが溜まった。

そして発作的にベランダから飛び降りた。
物的証拠を見つける事が出来ない為、その仮説が採用され、弁護士の死は自殺とされた。

結局、行き詰まったから自殺で処理か、
相田弁護士が1人になったのは、家族への危険を恐れたからだ。
ヤクザより質の悪い奴らから、色々と嫌がらせを受けていたのだろう。
それにイライラした様子で、目付きがおかしかったという証言も怪しい。
金を貰えばそんな事を言う人間は、世間にはいくらでもいる。
もしかしたら政治家を通して圧力がかかった可能性もある。
ただ可能性は低い、しかしゼロとは言い切れない。
荒岐田組の抗争で3年前に2人射殺された事件があった。
使われたのはコルト、まだ犯人は分からずか、
これもにおう話だ。

穣介はメモ紙を右手で握りつぶした。
収穫はあった、だがあのクズ野郎を使うのはもうやめよう。
強い奴には頭を下げ、自分より少しでも下と見ると高飛車になる。
一流大学を出て試験の成績もいいが、一度ビビると何も出来ない男だ。
あんな奴が検察官か。要領はいいが、ただの鼠だ。
穣介は右手に握ったメモ紙を車のゴミ箱に投げ捨て、横を走る車の流れに目を向けた。
つけられていない。
この路肩に止まったのは、尾行されていないかを確かめる為でもあった。
穣介は携帯から電話を掛け、アジア製の腕時計を見た。
2時53分、時間がない。
車を首都高に戻し、來栖穣介はアクセルを踏み込んだ。

3

裏通りにある4階建ての貸しビル、田中医院はその2階にある。

狭い待合室に2人の女がいた。何か話していたが日本語ではない、日本人に似ているが、日本以外のアジア製の女だ。受付の小太りの女は50代程だろう、穣介が話をしても女はクチャクチャとガムを噛むのをやめなかった。


思ったより早く穣介は田中圭蔵に会えた。

丸顔で、頭は漫画の『サザエさん』の波平に似ていても、漫画のキャラクターのような温和な目ではなかった。黒縁眼鏡の奥にある目は線のように細く、狡猾な小動物のような光がある。

3時から30分が休憩時間、そのギリギリに穣介は来ることが出来た。

運がいい、
そう思いながら、穣介は黒縁眼鏡の男に端的に話した。

「悪いが、そんな医者は知らん」

銃で撃たれた相手でも、金で口を閉じてくれる医者。確かに普通の医者はそんな事はしないだろう。だが医者もピンからキリまでいる。

この丸顔で細い目の男もそうだ。

10年前に暴力団と付き合いがあるという理由で、医師の免除をはく奪された。

その男はシラッとした顔で、裏道のビルで医者を続けている。

もっとも患者のメインはホステスや風俗嬢、それに保険証を持たない者が多い。

穣介は頭を下げ、コンビニで買った封筒にそこで下ろした金を入れ、細い目の男の前に差し出した。

「あんたには確かに一度世話になった事があるが、今はコツコツ真面目にやっている。こんな物を出されても困るね」

そう言いながら細い目のまま、田中は白い封筒に入れた指を動かしていた。

「おかしな事に関わり合いたくはない、帰ってくれ」

5万入れた、それでは不足らしい。

「お願いします。先生に迷惑はおかけしません、ただ心当たりの名があれば教えて頂きたいのです」

穣介は頭を下げ、

「急いでいるのです、今日中に知らねば意味がありません。もし思い出し教えてくだされば、更にこれと同じ金額をお支払い致します」

「悪いが知らんものは知らん、ここに変な話を持ち込まんでくれ」

横を向いた男に穣介は頭を下げ、携帯の番号のメモを田中圭蔵に渡した。

「決してご迷惑はおかけしません、お願いします」

深々と頭を3度下げてから、穣介は裏町のビルを出た。

間違いなくどこかの病院にいる。
都心ではないかもしれない、
いや、出血している者を遠くには運べないはずだ。
もしかしたら病院ではなく墓場かもしれないぞ、
チラリと、そんな事が頭をよぎった。

次はどうする、そう思いながら穣介は時間を確認し唇を舐めた。左のポケットが鳴りだしたのは車を表通りに戻しアクセルを踏み込もうとした時、穣介はまた唇を舐めた。


「この2件ですね」

「ああ、だが俺に変なとばっちりはこないだろうな」

「勿論です、ありがとうございました」

穣介はまた深々と頭を下げ、裏道にある医院を出た。

蛇《じゃ》の道は蛇《へび》、
話をしている時から、あの男にはこの2件が頭に浮かんでいたと思う。

キレイごとを言われ、結局10万を取られた。

この2件が外れれば無駄金で終わる。

ここに着いた時、運がいいと思ったが、逆かもしれない。

病院の確認をする前に、今はやる事がある。電話で連絡を取ったのは5時、それまでに相田弁護士の事務所に行かねばならないのだ。穣介は再びセダンのアクセルを踏んだ。

相田弁護士の事務所はまだ戸棚に書類が残り、整理が終わってはいなかった。穣介が中に入ると事務所にいた女が頭を下げた。相田の娘の幸子は小柄でおとなしそうな顔をしている。幸子は今年弁護士試験を受けると穣介に話した。

その娘が事務所を感慨深げに見つめていた。

「まだ整理しきれないのです。棚の資料に目を通すと、どうしても手が止まってしまって……」

弁護士を目指しているとは思えない地味な顔の娘は、言葉を止め、窓際にある机と椅子をじっと見つめた。

誰も座っていない椅子、

幸子には、そこに誰かが見えるのだろう。

純粋な目だ。
今日はろくな奴の目しか見てはいない、
だから余計、穣介にはそう見えた。

事務所の外まで見送りに出てくれた娘に、穣介は黒い鞄を抱えながら、深々と頭を下げた。
「この資料は私が大切に保管します。あとは全て任せてください」
普段より声を大きくした。

狙撃したのは今日だ、
狙撃に失敗したら万一を考え、相田の資料を処分したいと思うはずだ。
穣介の尾行は出来なくても、この事務所には目を光らせ、必ず見ている。黒い鞄を抱え、穣介はセダンに乗り込んだ。相田の資料は依頼を受けた時に貰い受けていた。

これは餌まき、食いついてこい。

穣介が相田の事務所を出たのが5時20分、6時5分に雑居ビルに着いた。

5階のビルの一番上が穣介の事務所になり、エレベーターを使わずいつも階段で5階まで上がる。この狭い階段を利用するのは俺ぐらいだ。

便利になるのは悪い事ではないが、便利すぎる物を穣介は好まない。

スマホを持たず、いまだにガラケーと言われる二つ折りの携帯電話を使っている。

時代に取り残されていると言われても、

時代に合わそうとは思わない。

事務所に戻ると來栖穣介は素早く仕度をし、カーテンを閉め、その隙間から身を隠すように通りを見渡した。自分の事務所から気配を殺して覗き見をするか、おかしな気分だ。穣介は身を縮めて双眼鏡で雑居ビルの周りを確認した。

あれが怪しい、

ビルの斜め正面に止めてある黒いベンツ、あんな所に普通は車を止めない。

レンタカー会社の野崎に電話を掛けると、穣介は色が薄れたカーキ色のショルダーバッグを持ち、事務所を閉めた。次に向かったのは隣の部屋だ、事務所の隣が穣介の住居になる。

ガランとした殺風景な部屋には隅にベッドが一つ置いてあるだけ、その奥の部屋に箪笥や衣装ケース、そしてシャワー室がある。衣装ケースの前で穣介は手を止め、穴の空いたジャケットを目を細めるように見つめてから、ゴミ箱に投げ入れた。

お気に入りの高いジャケットだった。

昔買った古いジーンズを穿き、黒いジャンパーに黒い帽子。穣介はベースボールキャップを深めに被り、部屋を出た。

細い裏道に人の気配はない。どうするかと思案気に引き締めた口元を、穣介は直ぐに苦笑いに変えた。非常階段を使おうと思ったが、かえって不自然だ。1階の裏にある非常口から出ればいいだけである。

穣介はいつもと同じように階段を下りた。狭い階段は穣介の専用と思っていたが、今日は下から茶色いパンツルックの女が上がって来る。女は下から穣介を覗き込むように見て、声を掛けてきた。

「穣介さん、どうしたの、そんな格好をして」

東山《とうやま》慶《けい》子《こ》、３階に事務所を持つ女性弁護士と出くわしてしまった。

「ちょっと私用で出かけるところです。東山さんも階段を使うんですか」

「東山さんはないでしょ」

東山慶子は右の口角を少し上げた。

「この歳になると動かないと直ぐ太るのよ、だから最近階段を使うようにしたの」

東山慶子は、ある事情から最近急に穣介に馴れ馴れしくなった。

人がいる時は來栖さん、人がいない時は穣介さんと言う。

「すみませんね、穣介さんに無理なお願いをして」

女弁護士は軽く頭を下げ、

「ところであの件はその後どうなりました」

直ぐにそう尋ねてきた。

「捜査中です。すみません、急いでますので」

「そうですか、私に出来る事があるなら言って。私が頼んだ件ですもの、出来る限り協力しますから」

穣介は軽く頭を下げ、東山慶子と別れた。

階段も使いづらくなってきた。

1階の非常口の前で、穣介は東山慶子に頼まれた時の事を思い出した。

「相田先生には昔大変世話になったの、だからお願い、助けてあげて」

その言葉を言いながら、東山慶子は頭を下げた。普段法律関係で世話になっている女性弁護士の頼みを断れず、穣介は相田弁護士の件を引き受けたのである。

調べてみましょう、と言う穣介に、

「ご遺族も大変なので、料金は割安でお願い出来ないかしら。私も穣介さんの依頼には協力しますから、ネッ、お願いします」

両手を合わせ、慶子はまた頭を下げた。

あの料金でこんな事になるとは、
いまさら割増料金を請求するわけにもいかず、あの値段で命を張る事になった。
だが、ここまで来たら下がる気はない。

非常口を出ると、太陽が顔を赤く変え、姿を消そうとしている。もうすぐ闇の時間だ、穣介は足早にビルの隙間に姿を消した。

4

黒いバンでその病院に着いたのは7時10分、４階建てだが総合病院という割にはどこか貧弱で薄汚れた建物である。

別の病院にも電話を掛けた。そこは往診だけで病棟はなかった。

もう一つの病院に電話をし、穣介は「身内の怪我の確認」と断りを入れた。

「昼過ぎにそちらの病院に伺ったと聞きました。そのまま入院したのでしょうか」

「失礼ですが、お名前は何と申されます」

適当な名を言うと、

「もう一度お名前をお尋ねしますが、名字は鈴木ですね」

相手は念を押した。

「そうです、鈴木です」

「当病院にはそのような方はおりません」

ガチャン、と素っ気なく電話は切れてしまった。

愛想のない病院だ、それでも念を押したという事は違う名の奴がいる。

怪我をして病院に行く奴はいくらでもいるだろう。

この病院は10万だし、あの田中圭蔵が言った場所、それに来たのも昼過ぎだ。可能性はある。


病院はまだ開いており、患者の面会時間は7時までと書いてあった。

7時までだが7時近くに来た面会人もいるはず、病院を閉めるのは7時より少し後になる。

玄関の案内図を見て、穣介はスラッと病院の中に入り、直ぐに階段を駆け上がった。

3階と4階が病棟、個室は4階になる。

なるべく顔を知られたくないはず、調べるのは個室からだ。

階段の近くにナースステーションがあり、中を覗くと看護師が2人、机の上のモニターを見つめている。カウンターの面会バッジを取り、穣介は身を屈めてソッとナースステーションの前を抜けた。

個室は四つ、面会バッジを付け、穣介は最初の個室に向かった。病院の個室には鍵は掛けない、穣介はノックしドアを開けた。

80ぐらいの爺さんだ。穣介は直ぐに、

「すみません、間違えました」

頭を下げ、次の個室のドアをノックした。

そこも違う、高齢の、しかも女だ。

次の個室の前で、穣介は太い黒縁眼鏡を持って来た事を思い出した。

顔の特徴を隠す為にショルダーバッグに入れた物、それにペンを胸に入れるのも忘れていた。

いかん、気が焦っている。

部屋の前で一度深呼吸をし、眼鏡を掛け、太いペンをジャンパーの内ポケットに入れた。

落ち着け、自分にそう言い聞かせ、穣介はドアをノックし中に入った。

狭い個室に、点滴を付けた男がベッドに横になり薄目を開けていた。

角刈りで面長の顔、歳は40代ぐらいか、サラリーマンでも商人とも違う、職人のような顔の男だ。

こいつだ、

男を見た時、穣介はそう感じた。

頭が思ったのではない、躰が感じた。

ドアを閉め、穣介が近づくと、男はベッドから顔を向け、

「誰だ……」

小声だが威嚇が入っている。

穣介はベッドの脇に行き、

「容態はどうですか」

静かに話し、男を見た。

ベッドの男は直ぐには声を出さなかった。


「誰だ、まず名を名乗れ」

やはり威嚇する声、穣介は確信した。

「昼間会いましたよね」

穣介は眼鏡を外し、帽子を取った。

男の目の色が変わり、上半身がバネのように跳ね、ベッドの横にあるテーブルに手が伸びた。

「声を出すな」

リボルバーがこめかみに当たると男の手が止まった。

穣介は男が掴もうとした小さなバッグを取り上げた。男は一瞬目を細め、無言でまたベッドに横になった。

ベッドにあるカルテを見た。弾が当たったのは左の脇腹だ。

バッグの中にコルトがあった。それに免許証もある。

「村上正雄か……」

病室に付けられた名前と違う。

穣介は名前と生年月日を口の中で反芻した。


「東方コーポレーションの真崎を知っているな、狙撃を頼んだのは真崎だろう」

村上という男は天井を見上げ黙ったままだ。

穣介は構わずに続けた。

「取引しよう。依頼された事を話せば狙撃の件は訴えないし、事件をなかった事にする。喋らなければ、今度こそ狙いを外さない」

村上の口元が笑った。

「撃ってみな、お前も殺人罪で終わりだ」

不敵に笑った男に、穣介も口元で笑って見せた。

「ここがどういう病院か知っているだろう。金を出せば病死で片が付く」

銃のホルダーから弾を取り出し、穣介は1発だけ村上の前で振って見せた。

「退屈しのぎにゲームをやろう。ロシアンルーレットを知っているな」

銃に戻したホルダーを穣介はルーレットのように廻した。

「依頼を認めれば引き金は引かん」

寝ている男のこめかみに銃を押し付けた。それでも村上は黙ったままじっと天井を見ている。

だが瞬きをしない。


カチッ、と音がし、男は目を閉じた。

黙ったままだ、次に音がしても村上は無言、しかし唇は震えていた。

「運がいい、次はどうかな」

穣介が引き金に力を入れようとした時、寝ていた男の口が開いた。


「甲斐という男か……」

「ああ……依頼したのはそいつだ。躰がでかい坊主頭の男だ」

躰がでかい坊主頭、
真崎の会社に行った時に、真崎の近くにいた男だ。

特徴があるので覚えている。

穣介は胸のポケットに手を入れ、同じ事をもう一度聞き返した。


村上のバッグからスマホも抜き取ると、穣介は銃をしまい、後ろ向きのままドアに歩いていった。

「忠告しておく、甲斐という男に知らせない事だ。俺に喋った事が分かれば、今度こそ病死で処理される」

穣介は後ろ向きのままドアに手を掛けた。

「俺は約束は守る。ゆっくり寝ていろ」


部屋を出ると目の前にカルテを持った看護師がいる。

軽く頭を下げ、穣介は足早に階段に向かった。

いかん、バッジを返していなかった。

慌てて戻り、面会バッジを戻して階段を駆け下りた。もう病院の扉は閉まっている。

今度は近くにいた守衛に頭を下げた。

「すみません、面会の者ですけど、どちらから出れば宜しいですか」

「横に非常口があります。そこから出てください」

病院を出て穣介は夜空を見上げ、ホ〜ッと息を吐いた。

冷静さを装っていても、内心は村上と同じように緊張していた。

弾を入れる仕草を見せたが、ホルダーの中は空、ロシアンルーレットは仕掛けた方も心臓に悪い。

車に戻り、穣介は村上のスマホを睨んだ。スマホは苦手でも電話の履歴ぐらいは分かる。履歴を調べたが連絡を取った形跡らしきものは残っておらず、真崎との接点をしめす証拠はなかった。

村上を調べれば、真崎との接点が見つかるかもしれない、車のバックミラーを見つめ、穣介は乾いた唇を舐めた。

どうするか、
頼りたくない相手の顔しか浮かんでこなかった。
東山慶子はやり手で交友関係も広く、人脈もある。
前にチラリと警察の高官とも親しいと聞いた覚えがあった。
酒を飲んだ時だ、
あんな事になったのは不覚だった。その時、東山慶子は穣介に探りを入れ、穣介も慶子に探りを入れた。

弁護士と警察のお偉いさんは、建前上は付き合いは出来ない事になっている。

そうは言っても人は機械ではない、この世には建前と本音、表と裏がある。

慶子の付き合いは表ではなく裏だろう。

それがどんな付き合いか分からないし、聞く気もないが、もし村上に犯罪歴があれば、それを知るぐらいの事は出来るはずだ。

穣介は思い切って東山慶子に連絡をしようとした。

待てよ、プライベートの電話番号を知らないぞ、
知らないのではなく知りたくないいし、穣介も自分の電話番号を知られたくなかった。
仕方なく法律事務所に電話を掛けた。やはり留守電、それでも「緊急の場合は次の電話番号にお掛けください」、そのアナウンスは入っていた。

そこに電話をすると、出たのは慶子ではなく男、それも若い男の声だ。

どのようなご用件でしょうかという声に、穣介は自分の名を名乗った。

「5階の事務所の來栖さんですか」

「そう、東山さんと至急連絡を取りたい、連絡先を教えてほしい」

この男は……、そうだ弁護士の卵という若い男がいた。

名前は確か、木田とか言った。

「申し訳ありませんが、プライベートの連絡先をお教えする事は出来かねます。事務

所用の物なら構いませんが」

「それでいい、携帯の電話番号を教えてくれ」

「携帯ではなくスマホです。ですがあなたが來栖さんであるか、声だけでは判断出来ません」

何言ってるんだこいつは、そう言えば少しオタクがかった顔をしていた。

「急いでいるんだ、木田くんお願いするよ」

「木田ではなく木内です。事務所用のスマホの番号をお教えする前に、次の質問に答えてください。事務所のソファーの上に絵が飾ってあります。どんな絵ですか」

イライラする。何だこいつはと思うが、ここは冷静に行こう。

確か……、
ちょっと待て、そんな事覚えているか。
「それは……」
言葉に詰まった時、

趣味は登山よ、山が好きなのという慶子の言葉を思い出した。

「山の絵だ、どこの山か分からないが、荘厳な山の絵だよ」

携帯の向こうから小さな声で独り言が聞こえ、穣介はイライラしながらストップウォッチが付いた腕時計を見ていた。


慶子が電話に出たのは13回目のコールが終わった時、

「ハイ、東山です」

低い女の声だ、表向きの東山慶子の声を初めて聞いた。

「私です、來栖穣介です」

「えっ、穣介ちゃん」

いきなり声の質が変わった。それに穣介ちゃんか、確かに年下だが、ちゃんはないだろう。

「分かった、その村上という男の経歴が知りたいのね」

「そうです、分かりますか」

「犯罪歴があれば分かると思う。直ぐに調べてあげるからスマホの電話番号とメールアドレスを教えて、ラインでもいいかしら」

「ラインはやっていません、それに私はスマホでなく携帯です」

「嘘、いまどき携帯使う人間いないわよ、それってガラケー」

「そうですね、世間ではそう呼ばれています」

「ガラケーって、まだ通信出来るんだ。でもビックリ、早くスマホに切り替えた方がいいわよ。スマホって便利だから」

便利かもしれないが、俺はガラケーでいい。

この世で最後のガラケー使用者になると決めている。


「メールアドレスはいいです。電話でお願いします」

「駄目、メールアドレス教えなさい。でなければ調べません」

協力しますと言って注文を付けてきた。

やはり女の言う事は額面通り受け止めては駄目だ。

東山慶子との電話を切った穣介は、携帯にメールが入っている事に気づいた。初田典江からだ。

私は大丈夫です、所長は無事ですか。

その文面の最後に犬が笑ったスタンプが付いていた。

こちらの身を心配しているとは思えない。

まだ生きている。

そう返信し、穣介は黒いバンで自分の事務所のある雑居ビルに向かった。

5

都心の外れでも、午前零時になるのにまだ人の行き来がある。

表のシャッターが閉まりビルの灯りは消えたが、地下の麻雀屋と立ち飲みのショットバーはまだ開いていた。ただ地下から上の階に行く事は出来ない、エレベーターは止まっている。

雑居ビルの横にある駐車場には昼間使った白いセダンがそのまま置かれ、そのセダンの近くに黒いバンが止まっていた。

穣介は近くのコンビニでトイレを済ませ、コーヒーとガム、それにサンドイッチを買い、黒いバンに戻った。果たして餌に食いつくかは分からない。

いや、食いつくはずだ。

狙撃に失敗したら、週刊誌にバラまくと言った。そのネタ元を回収しに来るだろう。

通りにはまだ人の往来がある。来るとしてもまだだ。

穣介は病院で見た村上正雄の顔を思い出した。

東山慶子に依頼してから2時間後に、穣介の携帯にメールが入った。

村上正雄は、8年前に酒場でイザコザを起こし一度警察に捕まっていた。

前科はそれだけ、しかし速い。

もっとも名前と生年月日を打ち込めば、警察のデータベースには1秒で履歴が現れる。

簡単な経歴もメールに入っていた。

自衛隊を退職後は村上工務店、その後無職。

自衛隊の経験者か、その後自分で事業を興したのだろう。

無職とあるのは事業に失敗したからだ、そして酒場でイザコザを起こした。

その後から、村上正雄の人生が横道にそれた。

職人のような村上の顔が目に浮かんだ。

自衛隊にいた時と事業を興した時は真面目な人間だったと思う。それが裏目に出て、真面目な世界から足を踏み外してしまった。

ちょっとしたキッカケでアウトローの世界に入った、それも組織に属さない一匹狼。

自分に似ている。

病院の個室に入った時、何かを感じた。それは直感ではなかった。

自分と同じにおいが分かったのだ。

村上正雄は言った、500万で引き受けたと。
自分の命の値段は500万か、
穣介は笑うしかない。
その後村上は、半年の間グアムでゆっくり暮らせるとも言った。

500万プラス、グアム旅行か、
なら、俺の命の値段としては充分だ。
穣介の自虐的な笑いが、苦笑いに変わった。

時間が午前2時を過ぎると流石に歩く者もなく、通りから人気が消えた。
来るか分からない相手を、気持ちを切らさずジッと待つのは楽ではない。チビリ、チビリと飲んでも買って来た2本の缶コーヒーは直ぐになくなった。そう言えば何も食べていない、サンドイッチを買ったが車の助手席に投げ出したまま、手を付ける気になれず、穣介はひたすらガムを噛んだ。三つ買ったガムは、今噛んでいるのが最後の1枚になる。

2時半を廻った時、無機質な暗いビルから穣介は線のような細い三日月を見上げた。月は日々顔を変える。今日は目を細めた猫のようだ、確か相田弁護士がベランダから落ちたのも月灯りが殆どない暗い夜、資料にそう書いてあった事を、月を見て思い出した。

穣介が月からビルに目を移した時、その目が猫のように細まった。闇が動いた。

赤外線付きの望遠鏡で覗くと、非常階段を上る黒い塊が見えた。

2人だ、着ている服も黒だ。

シャッターが閉まっているので非常階段で上がって来たか、だが非常ドアはどうする。

鍵を壊して中に入っても、まだ事務所のドアには鍵が掛けてある。二つの影はそのまま屋上に上がり、事務所の真上で縄梯子を下ろした。

スルスルッと1人が縄梯子を下り、窓ガラスに手を掛けた。僅かの間の後に、窓がアッサリと開いた。最初は軽業のような真似をすると思った。少し考えると確かにこの方が効率的、窓ガラスの内鍵は簡単に開く。ガムテープを少し張り、チョッとガラスを割れば中の鍵は指先で開いてしまう。非常ドアと事務所のドアを開けるよりわけない事である。

1人が窓から事務所に入り、もう1人も縄梯子を伝い、事務所の中に入った。

穣介は相田弁護士のマンションを思い出した。

8階の最上階、これと同じ手法でマンションの中に忍び込んだのだ。

穣介は車に置いたモニターに目を移した。

完全な闇ではない、壁の照明は点けておいた。

それでも部屋の中は殆ど闇だ。

その闇の中を下に向けたライトで、二つの影が何かを探している。

変に荒らすなよ、分かりやすくしておいたのだから、
暗いモニターの画面をじっと見つめ、穣介は唇を噛んだ。細いライトの光がテーブルの上に置いてある鞄と、その横の資料棚を照らした。

資料棚が開けられ、乱暴に書類が床に投げ落とされていく。苦虫を噛みつぶしたような顔で穣介は画面を見ていた。揺れていたライトと手が止まった。

クリアファイルを見ている。

やっと見つけたか、
穣介は黒いバンを駐車場の外に出した。

二つの影が窓から出て、また縄梯子を伝い屋上に上った。

穣介は赤外線の望遠鏡で通りを見た。少し離れた場所にベンツが止めてある。

非常階段を下りた2人は足早にベンツに近づき、乗り込んだ。
車が動きだす、穣介は距離を置いてベンツを追った。

夜中は逆に尾行しづらい。
車の数が少なく、近づきすぎると相手に覚られてしまう。
少し距離をおき、穣介はベンツの後ろを注意深く走った。
交差点に来た時だ。信号機が赤に変わっても、ベンツは構わずに突っ切った。
穣介が交差点に近づいた時、目の前を大型トラックが通り過ぎた。
それも2台、
トラックの後に、今度は中型トラックが続いた。
たぶんコンビニの配送車だ。
信号が青に変わり、前に別の車が走っていた。トラックだ、真夜中はトラックが多い。
トラックの前が見えない。

追い越し禁止車線で、穣介は強引にトラックを追い越した。


前にベンツがいない、どこに行った。

追い越す前に幹線道路を通った。そこを左に曲がったかもしれない。

穣介はまた強引にハンドルを切った。車は悲鳴のような唸りをあげ、暗い道路をUターンした。追い越したトラックの窓が開き、角刈りの男が怒鳴っている。

それを無視して幹線道路に向かった。目の前の信号がまた赤だ。

目の前を大型トラックが3台通り過ぎた。止まらざるを得ないが、イライラする。

幹線道路を今度は右に曲がった。

そこにはベンツもトラックの姿もない。

あるのは闇だけだ。

どうする、
色々な事が穣介の頭に浮かんだ。
整理し選択しなければ、それも今直ぐに。

資料を廃棄するだろう。

廃棄されてもコピーは取っている。

それに……。

穣介は真崎の顔が目に浮かんだ。

一目見た時、蟷螂に似ていると思った。細長の顔に鋭角な鼻と口、相手を威嚇するような目。あの目は人を信じない目だ、資料を廃棄するにしても真崎は必ず確認するはずだ。

今は真夜中、見せるとしても明日だろう。
穣介は真崎の会社の前で張り込もうと思った時に、ふと、ある事に気づいた。
明日は日曜日だぞ、
一応まともな会社で通っている、日曜は休みのはず。
ならば真崎の自宅だ。
穣介は車のルームライトを点け、調べた資料を見返した。危険屋と言われるのはダテではない、相手の事は出来る限り調べた。真崎の自宅の住所を確認し、穣介は黒いバンを再び走らせた。

途中でコンビニに寄り、トイレを済ませ、ブラックのコーヒーを３本、それにガムを三つ買い、穣介は真崎の自宅の正面が見える場所にバンを止めた。

たぶんこんな夜中には来ないだろう。

だがたぶんだ、

気を抜く事は出来ない。

腕時計を見ると４時20分、もうすぐ夜明けになる。

コーヒーをチビリチビリと飲みながら、穣介は頭の中で今までの事を整理していた。相田弁護士のマンションを調べた時、娘の幸子は、網戸は閉まっていたが寝室の窓が少し開いていたと言った。まだ蒸し暑さが残っている時期、少し窓を開けたというのはおかしな話ではない。これが１階なら閉めたろう。だがマンションの最上階、暑ければ少しは窓を開ける。


相田弁護士を襲うと決めた時から、相手は何度も下見し、そして色々なプランを立てたはずだ。マンションの最上階、そして窓が少し開いている。

それを確認し、ベランダから突き落とすプランを選んだ。

もし窓が閉まっていたら、違うプランで相田弁護士は殺されていた。


朝から晩まで忙しく動いていたら当然疲れている。

一度寝たら熟睡し、そこを襲われ、ベランダから突き落とされた。

ベランダから突き落とされた時は気絶していたか、あるいはもう殺されていた。

その可能性もある。

穣介は3年前の荒岐田組の抗争で、コルトで2人殺された事も頭に浮かんだ。

間違いなくあのコルトだ、銃弾の痕跡を調べれば直ぐに分かる。


そのコルトで俺が狙われた。

もし殺されても、3年前のヤクザの抗争で使われた銃で殺された事になる。

つまりだ、俺が死んでも警察はヤクザの抗争という事で処理する。

一見大胆な昼間の狙撃は、実はちゃんとシナリオが出来た中で行われていた。

穣介はコーヒーをグッと飲み干した。


しかし俺は善良な一般市民だ、ヤクザに見えるか、
暗闇の中で穣介はチラリと車のバックミラーを見た。

闇の中で目が鋭く光っていた。

神経が張り詰めているのでこんな目に見えるだけだ。

自分にそう言い聞かせたが、穣介が見ても、鏡に映っている男は、普通のサラリーマンには見えなかったのである。

6

朝の7時、少し先に洋風の大きな家が見えた。

2階には、洒落た椅子とテーブルを並べた広いバルコニーがある。外国のセレブが住むような建物、その中にあの蟷螂が住んでいる。

2階の窓に人影が見えた。あそこが寝室かもしれない。

穣介は双眼鏡で家と家の周りを確認した。

黒いベンツも怪しい人影も見えない、ただ時間がジリジリと過ぎていった。

ここには来ないかも、
穣介はガムを噛もうとしポケットに手を入れた。3個買ったチューインガムは右にも左のポケットにもなかった。9枚入りのガムが3個か、ということは27枚噛み続けた。いや、その前に3個ある。
夜通しガムを噛んでいた、たぶん一生分噛んだ。

朝の空気が吸いたい。窓を開け顔を出した時、穣介は思わず息を止めた。

洋風の家の前に黒いベンツが止まったのである。

車から2人の男が出て来た。1人は坊主頭、あいつは甲斐だ。

もう1人は少し茶髪の男、記憶にないが真崎の会社にいたかもしれん。

その男がスーツケースを持ち、2人は鉄格子のような門を開け、中に入っていった。


穣介は掛けたくない相手に電話を掛けた。

一方的に喋ると携帯を切り、腕時計を見て、あらためて外の空気を吸い込んだ。

もう少し間を置いたら一気に勝負だ。


合金の警棒を腰に差し、穣介は右の肘を撫でた。

肘には鉛を仕込んだサポーターが巻かれ、左の膝にもやはり鉛を仕込んだサポーターを付けた。鉛が先端に入った特注の靴に履き替え、穣介はまた腕時計を見た。

ジリジリする、書類を破棄され証拠を消されたら、踏み込む意味がなくなってしまう。

問題はどう踏み込むかだ、鉄格子のような塀に囲まれ、門には監視カメラが付いている。

車を塀に寄せ、車の屋根から塀に飛び移るか。

そう判断した時、鞄を持った中年の女が真崎の家の前で止まり、門のインターホンを押した。穣介は車から飛び出した。

あれは通いの家政婦だ、
門が開いた時には、穣介はその中年女の後ろまで来ていた。

「失礼」

中年女を押しのけ門の中に飛び込み、穣介は一気に玄関に走った。

家政婦を入れる為に鍵を開けたのだろう。玄関は簡単に開き、穣介は中に飛び込んだ。

玄関の近くに鼈甲の眼鏡を掛けた化粧の濃い中年女がいる。

女は驚いた顔で甲高い声を上げた。

「あなた誰です」

「強盗ですよ」

眼鏡の女は一瞬声が出ない、その横を穣介は靴を履いたまま駆け抜けた。

たぶん2階だ、
洋風の広い階段を走ると、後ろからまた甲高い声が聞こえた。

その声で2階の部屋のドアが開き、茶髪の男が顔を出した。

穣介は一気に間を詰めた。

茶髪の男も驚く、横を向くともう目の前に男がいる。

えっ、と驚いた男が口を開けた時、鉛入りの靴が茶髪男の腹を蹴った。

苦しげに躰を曲げた男の首から鈍い音がする。合金の警棒を打ち込まれ、茶髪の男は脇にある壺にぶつかり廊下に倒れ、装飾用の大きな壺も砕けた。ドラムが破裂したような音が廊下に響き、穣介はその音と共に部屋に飛び込んだ。


ソファーから黒いガウンの男が立ち上がった。

真崎だ、長身の男がスッとその前に出た。

「何だ、お前は」

坊主頭の男は確か甲斐、細い目が蛇のように鋭い眼光になり、甲斐は穣介を睨んだ。

「何だはないでしょ、私の事は知っているはず」

穣介は足を止め、喉ではなく腹から喋っていた。

「人の家に勝手に入り込むのは立派な犯罪だ、警察を呼ぶぞ」

甲斐ではなく今度は真崎が穣介を睨んだ。その顔はやはり蟷螂に似ている。

「立派な犯罪をしたのは真崎さん、あんたの方だ」

穣介はソファーのテーブルに目を走らせた。

その上にあるのは相田弁護士の資料、ページが開いているところを見るとやはり中身を確認していた。

甲斐がスッと穣介に間を詰めようとした。だが上げられた右手を見て動きが止まった。

穣介は手に持ったリボルバーを甲斐に向けゆっくり歩きだし、銃口を真崎に移した。

「真崎さん、2人だけで話したい、この男を外に出してくれ」

真崎がムッとした顔で顎をしゃくると、甲斐は穣介を睨みながら部屋を出た。

「ドアはちゃんと閉める」

バタンと大きな音でドアが閉まり、その向こうでは女が甲高い声で怒鳴っている。

「人の家に押し入り、銃を振り廻すか、もうじき警察が来るぞ」

真崎の声は低く、穣介を見る目は相手に襲い掛かろうとする蟷螂の目だ。

瞳の奥が細まっている。

「警察が来て都合が悪いのはあんたの方でしょう。テーブルにある資料は私の事務所から盗んだ物だ」

穣介は左手を自分の胸の内側に差し込んだ。

「馬鹿げた話をする。お前が勝手にテーブルの上に置いたんだろう」

真崎は口だけで笑った。

警察が来たらこの男は平気でそう言う。

その真崎に、穣介も口先だけの笑いを返した。

「真崎さん、そうとう金をかき集めて土地を買いあさってますよね。巨額の投資をしたのも巨額の利益を得る為だ。その計画を進めるには相田弁護士が目の上のコブだった。色々と嫌がらせをしたが引かない、そこで思い切って自殺に見せかけ相田弁護士を殺した」

真崎は今度は声を出して笑った。

だが目は笑っていない。

「寝ぼけた事を言うな、警察も自殺だと認めた。何の証拠もない、ただの出鱈目だ」

「証拠はあるさ、この資料を盗んだ手口は相田弁護士のマンションに忍び込んだ時と同じ、しっかりビデオに撮らせてもらったぜ」

「くだらん、そんな事が証拠になるか」

「まだある。相田弁護士の調査をした俺も邪魔になった。そこで白昼堂々と拳銃で狙撃した。撃ち込んだ弾の跡もハッキリ残っているし、使った銃と弾もある。それにだ、狙撃した男の名も分かっている」

穣介はゆっくりと部屋を横に歩いていた。

「村上正雄、あんたが命令したんだろう。甲斐を通して俺を殺せと」

「ふざけた事を言うな、そんな男など知らん」

「そうかい、だが村上は全て話した。グアム旅行の事までな」

真崎の頬が僅かに震え、蟷螂の顔が少し青ざめた。


その真崎がニヤリと笑った。

「面白い話だ、だがそれを警察に話したのかね、え～と確か……」

「殺そうとした男の名を忘れたか、警察にはこの場で話す。今ここに来るのだろう」

「そうだな、もうじき来るはずだ。どうだろう少し取引をしないか」

真崎の口調が急に変わった。

「君だって金は欲しいだろう」

真崎の笑いはあきらかに作り笑い、その目がチラリと穣介の後ろを見た。

穣介はパッと振り返った。その時には坊主頭の男はもう穣介に飛びかかっていた。

いつの間に部屋に入っていた、
穣介の注意をそらす為、真崎はあんな事を言ったのだ。

甲斐は飛びかかると同時に穣介の右手を捻っていた。

力が強い、それにこいつは何か武道をやっている。

穣介の手から拳銃が落ち、甲斐は穣介の腕をグッと引いた。

アッと思った時、躰が宙を舞い穣介は床に叩きつけられ、甲斐に押しつぶされた。

坊主頭の男は起き上がろうとする穣介を後ろから腕を廻し、肘で首を絞めつけた。

穣介は懸命にその腕を押さえた。絞める力が強い、首の骨が悲鳴を上げ息が……出来ない。

「甲斐は柔術の達人でね、人の首をへし折る事などわけなく出来る」

首を絞められる穣介の前で蟷螂のような男は笑った。

作り笑いではない、本心から出る残忍な笑みを見せた。

真崎は落ちている拳銃を拾い上げ、苦しむ穣介を楽しそうに見つめている。

「オォオオ……」

叫んだのは甲斐だ、穣介は腰に隠し持っていたジャックナイフを坊主頭の太股に突き刺した。腕の力が緩むと、首に絡まる肘を払いのけ穣介はサッと甲斐から離れた。

甲斐も顔を歪め立ち上がろうとしている。その頬に鉛を仕込んだ肘が振られた。坊主頭がグラリと揺れ、その頭を両手で掴み、穣介は甲斐の顎に鉛の膝を叩き込んだ。いかに柔術の使い手でも顎は急所、強烈な一撃に顔が震え、甲斐は後頭部から床に倒れていった。

穣介はゆっくり真崎を見た。

ガウンを着た男は目の前の光景に一瞬、まさか、という表情で固まり、直ぐに銃口を穣介に向けた。真崎は唇を1度舐め、拳銃を構えながら後ろに下がった。穣介が飛び込めない間合いで止まり、真崎は薄い唇からフ～と笑うような息を吐いた。もう驚いた目ではない、細まった瞳の奥が光っている。それも異様な赤い光、獲物を切り刻む蟷螂の目と同じだ。

刺すような痛みが首に残り喉が咽ぶ、それでも穣介は拳を握りしめ、1歩踏み出し腹から声を出した。

「撃てるのか、ここはお前の家だ」

冷酷な蟷螂の口角が上がった。

「押し入ったのはきさまの方だ、それにこれはお前の銃、言い訳は何とでもなる」

銃口を向けられても、穣介は真崎を睨みながら前に出た。

「ならば撃ってみろ。人に指図は出来るがお前にそんな度胸などない、偽善しか言えないクズ野郎だ」

穣介はまた1歩踏み出した。

「甲斐を使い、屋上からマンションに入り、ベランダから相田弁護士を突き落とした。そして村上を使い、俺を狙撃した。500万にグアム旅行を付けてな」

穣介は真崎の目の前まで近づいた。

「止まれ、ほんとうに撃つぞ」

銃を構えているのはガウンを着た残忍な蟷螂、その口角がまた上がった。

「俺を見くびるな、人を殺すのは初めてではない」

「銃を構えても、お前は偽善しか言えん臆病者だ」

穣介は自分から左の胸を、突きつけられた銃口に押し付けた。

「相田弁護士を殺したろう」

ガウンを着た男の目が微かに動いた。

笑ったようにも見える。

人の笑いではない、もっと奇妙な異質な笑いだ。

「そうだ、俺が殺したんだ」

引き金が引かれた。


カチャッ、と乾いた音がしただけ、真崎は銃を持った右手を左手で押さえ、また引き金を引いた。数回乾いた音が聞こえた。

だが弾は出ない。

顔色が変わった真崎の腹に穣介は膝蹴りを叩き込んだ。

ガウンの男は苦しげな顔で躰を曲げ、拳銃を落とした。

穣介は躰を思い切り後ろに振り、左の拳を弓から放った矢のように、真崎の顎に撃ち込んだ。体重を前脚に乗せ、躊躇なく穣介は人を殴った。

真崎は後ろに飛ぶとソファーにぶつかり、躰を反転させながら椅子の後ろに落ちていった。穣介にはその光景がスローモーションのように見えた。

落ちた拳銃を拾い上げた時、ドアの向こうから叫び声が聞こえた。

警察が来たと耳に聞こえ、穣介は腕時計を見た。アジア製の時計は正確に時を刻んでいた。昨日狙撃されてから、まだ一日たっていなかった。

足音が聞こえ、部屋に最初に飛び込んできたのはブルドッグのような顔の男、その男は驚いた目で部屋の中を見廻した。

「來栖、どういう事だ、これは……」

「見た通りですよ馬淵警部、あのテーブルの上にあるのが盗まれた相田弁護士の資料」

穣介はジャンパーの内ポケットから太い万年筆を取り出した。

「これにも面白い話が色々入ってます」

穣介は万年筆を渡し、早くこの部屋を出たかった。

新鮮で綺麗な空気が吸いたい、
それに昨日から何も食べていない、車の中のサンドイッチでも食べるか。
急にそんな事が頭に浮かんだ。
そんな穣介に、目の前にいる男は早口でまくし立てた。
闘犬の唸り声だ、
穣介の耳には、そう聞こえたのである。

7

「ありがとう來栖さん、これで相田先生の無念がはらせた。でもやっぱり、たいしたものね」

東山慶子は事務所のソファーに穣介を座らせ、

「木内くん、ハミングからコーヒーとケーキを取って、コーヒーは一番高いものよ」

木内というのは黒縁の眼鏡を掛け、やはり根暗な顔をしていた。

慶子は国立大を出た優秀な男と木内を言うが、穣介にはただのオタクにしか見えない。


ソファーの上に飾ってあるのはやはり山の絵であった。

1階にある喫茶店からコーヒーが届いた。ブルーマウンテンはいつものブレンドコーヒーと、やはり味が違う。同じブラックだがス〜ッと喉に入っていく。

部屋のドアの横にも絵が飾られていた。

これは山の絵ではない、海に浮かぶ島の絵、夕暮れで背景が茜色をしている。

これも覚えておく必要があるな、
そう思いながらコーヒーに口を付けた時、右のポケットからベルの音が鳴った。

昔の黒電話と同じ音、
事務所からだ、初田典江の声がいつもと少し違う。


典江はコーヒーとお菓子をテーブルに置いた。

　コーヒーはインスタント、お菓子は典江の秘蔵のマカロンである。

「典ちゃん、もういいよ」

　初田典江は儀礼的に頭を下げ、隣の部屋に移った。

　隣と言っても給湯室、典江はこの給湯室がお気に入りで、冷蔵庫とお菓子の棚があるというのがその理由になる。給湯室には折りたたみの椅子とテーブルが置いてあった。

　典江は給湯室に向かい、穣介は闘犬のような男の前に座った。

　警視庁の捜査一課の警部は穣介に太い万年筆を渡した。

「これは返す」

「いいんですか」

「録音し直した、もうそのテープは必要ない」

「テープ、これはボイスレコーダーですよ」

「人の声を取るんだから録音テープだろう」

録音テープ、
どこの時代の親父だ、こいつは。

「録音テープの自供は今の時代は有力な証拠にならん、それに弁護士の資料も物的証拠はない」

「では真崎はどうなります」

「慌てるなよ、裁判所は自供のテープを軽視するが、坊主頭には効果があった。このテープとお前に貰ったビデオを見せ、俺が優しく尋ねると全てを自供した」

優しく尋ねるか、
まあ、優しさの基準は人によって違う。

「それに資料にある都の役人も、金を貰って情報を流した事を認めた。病院の男も依頼を話したし、3年前の殺しも認めた」

「では証拠は固まったんですね」

「ああ、真崎は叩けばまだ埃が出る。もう塀の外には出られんだろう。万一出られても腰が曲がり、頭がボケた時だ」

役人にもこの男は優しく尋ねたのだろう。

もっとも、一般市民には重い優しさだ。

「この事件は解決したという事ですね」

「まあな、一応礼は言う」

一応礼は言うか、

警察が解決出来なかった事件だ。

穣介は何も言わず、受け取った万年筆を二、三度振り、ポケットに入れた。

「ところで來栖、お前拳銃を持っているな」

「何です、いきなり」

「とぼけるなよ、いいか黙って拳銃を出せ、そうすれば今回の件は目を瞑ってやる」

闘犬のような顔が睨んでいる。穣介も諦めるしかなかった。

金庫の中の引き出しを開け、穣介はリボルバーを取り出し、警視庁の警部に渡した。

「全く、なんでこんな物持ってる。本来なら銃刀法違反でしょっぴくが、今回は特別の温情で見逃してやる」

馬淵鳶次郎はリボルバーをポケットにしまい、ブルドッグのような目で穣介を睨んだ。

「來栖、いいか、これからは警察に知らせ、単独で勝手に動くな。言っておくが警察は俺みたいな優しい人間だけじゃない、それをよく覚えておけ」

馬淵鳶次郎はコーヒーを一息に飲み干すと、マカロンを三つ掴みそのまま口に入れた。

「この饅頭、結構美味いな」

闘犬のような顔の男は立ち上がり、

「じゃあな……」

マカロンを飲み込みながら、事務所を出ていった。

「あの鬼瓦のような顔の人、ヤクザですよね」

給湯室から出てきた典江はそう言い、馬淵鳫次郎が出ていった扉を、目を細めて見ている。

「そんなようなものだ。もうこの事務所に来ないと思うけど、万一来ても典ちゃん、コーヒーもお菓子も出さなくていいから」

穣介は金庫を開け、机にしまっておいた拳銃を金庫に入れた。

二つ買っておいてよかった。

必ず来ると思い、別にした。しかし一つは没収されてしまった。

初田典江に分からぬように金庫にしまった穣介は、フト背後に視線を感じた。

「所長、それ拳銃ですか」

チラリと見た時、離れた応接セットにいたはずなのに、典江はいつの間にか足音を忍ばせ、そっと近づいていた。

「ああ拳銃だよ、但しモデルガンだがね」

「へえ〜、モデルガンも金庫にしまうんですね」

初田典江はニコリと笑い、また応接セットのソファーに向かい歩いていった。


事件は解決したが、疲れる。

穣介はデスクの椅子に座り、フ〜ッと息を吐き窓の外を見た。

ビルが立ち並んでいる、
コンクリートジャングルと言うがまさにその通りだ、ろくでもない獣がこの中にはいる。

真崎も甲斐も獣だろう、だが、穣介は自分は何なんだろうと、そんな事が頭に浮かんでいた。


ブルームーンはビルの地下にあるスタンドバー、コの字型のカウンターは立ち飲みで椅子はない。店には静かなジャズの音楽が流れている。

ブルースというやつだ。

店の奥の狭いカウンター、コの字型の端が穣介の定位置で、飲むのは大抵オンザロックになる。その日穣介はオンザロックではなく、バーボンのストレートを頼んだ。

「珍しいですね、來栖さんがストレートを頼むのは」

カウンターの向こうには3人バーテンダーがいた。

麻美はバーテンダーだが、週末には別の店でバンドのボーカルとして歌っている。メインボーカルだけあって細面の中々の美人、30代半ばの女はオールバックの髪型がよく似合い、色気がある。

それもチョッと冷たい色気だ、笑う時も麻美は唇の端を片方だけ上げる。

「たまには純粋に酒の味を楽しみたい、まあそんなところかな」

黒いリボンタイを付けた女は左の口角を上げ、穣介の前にグラスを置いた。

あの狙撃から一気に動きだし、一日かからずに事件は解決した。だが拳銃も没収され、お気に入りのジャケットにも穴が空き、経費もかかった。収支は赤字だ。

それに解決したと言っても、死んだ者が生き返るわけではない。
金は諦めがつくが、諦めがつかないものが残った。
相沢弁護士の娘の幸子は、座る者のいない椅子をじっと見つめていた。
ウイスキーを口に入れた時、穣介の頭にその横顔が浮かんだ。

ハッピーエンドではなかった。
バーボンが通った喉が熱く、穣介の耳にブルースが聞こえた。

酒の奥に少し苦味を感じる。
穣介はグラスの琥珀色の向こうに、チラリと何かが見えた気がした。何だろう、そう思いながら穣介は残りのウイスキーを一息で飲み干した。

不思議だ、今度は躰が熱くならない。
それに……、
テーブルに置いた空のグラスの中で、ブルースが揺れていた。

來栖穣介には、そう見えたのである。

昼飯

「所長、昼はサントスにします。それとも宝来軒にしますか？」

初田典江はそう言った後に宝来軒を勧めてきた。

「ジャージャー麺食べたくありません、宝来軒はジャージャー麺がお勧めです」

穣介の入る雑居ビルの近くにある中華屋はラーメンも餃子も味は並み、その中でジャージャー麺は美味しいと言い、典江はよくジャージャー麺を頼む。

穣介がいいと思うのは八宝菜と野菜炒め、宝来軒は野菜を使った料理は美味い。この二つがあるので1週間に一度は宝来軒から出前を取った。

「俺は餃子定食と八宝菜にする」

「ライスどうします？　ランチタイムは大盛りに出来ますよ」

初田典江にとって昼飯は楽しみの一つ、事務所にいる時の食事代は経費で落とせて典江はただで食べられる。但し、給料はなしであった。

「月給はなしでいいから」

笹川敏明はいきなりそう言った。

「失礼ですけど、意味がよく分かりませんが」

穣介は、事務員は不要と思っていた。それでも笹川敏明は事務所の場所を提供してくれた相手だ、頭から断るわけにはいかなかった。

「その娘は姪でね、頭がよくて機転も利く、事務所を持つなら人を置いた方がいいよ」

頭がよくて機転が利く娘、それが月給なしで働くとは思えない。

ましてや穣介の事務所は表向きは來栖司法事務所となっていても、実態は依頼を受ければ何でもやる何でも屋、調査や探偵業務もやる。

そして他の者がやらない危険な仕事も引き受けた。

勿論危険手当が付き、割高になるが、危険を承知で依頼を受ける者は滅多にいない。

危険な仕事を引き受けるから危険屋。

裏でそう呼ばれている事務所に、月給なしで働きに来る者などいないだろう。

誰が見てもおかしな話だ。

この話が出る前、穣介は格安の値段で事務所と住居を笹川から借り受けていたのである。笹川敏明は都内に大きな駐車場を三つに、駅前にビルを持っている。

駐車場の一つは都が借り受けた駅前にある地下駐車場で、３００台は収容出来る大きな駐車場だ。その笹川が巻き込まれたトラブルを穣介が解決した。

そこから笹川に気に入られ、事務所の話が出たのであった。

「場所は東京の中心からチョッと外れているが、地下鉄の駅が近くにあるし、５階建てで外見も悪くない。５階が丁度空いたから、そこを事務所に使ったらどうだ」

一つのフロアーに二つ事務所か店が入れる。

５階は二つの事務所を一つの会社が使っていたが、そこが出たので5階の二つを笹川は使えると言った。

「社員の仮眠室がありシャワーが付いている。一つを事務所にして、隣に住む事も出来る。世話になったので一つの事務所の値段で隣の部屋も貸そう」

東京の中心からチョッと離れていても都内、ワンフロアーの値段も割安だと思う。そこが二つ使えるならありがたい話だが、

「ですが何故その条件で宜しいのです。採算が合いませんよ」

美味い話には裏がある。

直ぐには飛びつけない話だ。

「いいんだよ、あのビルはもう採算が取れているから、本音を言うと、あのビルはメインから外れている。ワンフロアーぐらい空き家でも構わないんだ」

メインは駅ビルに駐車場、都心の中心から外れた古いビルは、笹川の眼中にはなかった。

穣介は少し考えてからそのビルを借りる事にした。穣介が了承すると、笹川は次に事務員の話をしたのである。しかも月給なしの事務員の話を、

その姪というのが初田典江であった。

初田典江はジャージャー麺の他に春巻きも取った。

「所長、春巻きにレモンを掛けると美味しいですよ」

スーパーの特売で買った小瓶のレモン汁を春巻きに掛け、典江は穣介の餃子にも掛けようとした。

「餃子にも絶対合いますから、騙されたと思って掛けてみてください」

掛けてみてくださいと言いながら、典江は勝手に穣介の餃子にレモン汁を掛けた。

「絶対美味しいですから」

ニコリと笑われても、いい心持ちはしない。

歳よりも大人びた顔の女は、人前では可愛い声で喋り、可愛い声とは裏腹に意外に図々しく押しが強かった。給料なしでいいと言った典江は、穣介の事務所を自分の仕事部屋として使っている。典江の仕事は時たま掛かって来る電話を穣介に取り次ぐだけ、あとは穣介の椅子と机に座り、自分の仕事に精を出す。

「1年半前まで、雑誌社に勤めていたんです」

前職は週刊誌の編集者。典江は記事も書き、ペンネームで映画評論のコメントも載せていたと言う。

「映画評論、評論家って大変だろう」

「簡単ですよ、適当に褒めて、適当に批判すればいいだけですから、あとは星の数を適当に付ける。誰にだって出来ますね」

「つまり全部適当ってわけだ」

「映画は観る人によって評価は違います。素晴らしいと言う人もいれば、つまらないと言う人もいる。私が採用されたのは、映画に政治的メッセージは必要ないというスタンスを通したからです。他の映画評論とは真逆でしょ、逆の事を言うから記事として商品になるんです」

記事は商品か、確かにマスコミはそれで食っている。

つまらない事実より面白い嘘。週刊誌だけでなくマスコミは人を煽るのが商売、その表紙に正義とか真実とか、訳の分からん言葉を付ける。

正義という言葉は危険だ、
その言葉で多くの人間が殺し合い、今も世界の至る所で殺し合いが続いている。

インターネットの時代になり出版業界は縮小の道をたどっている。

生きていく為にもっと色々なキャリアを積みたいと思い、典江は出版業界を去った。

だが、まだ週刊誌の仕事をしていると言った。

「映画評論は続けてますし、占いコーナーも名前を変えてやってます。あと有名人のゴーストライターも仕事ですね」

占いの元ネタはネットの占いサイトだと、典江は笑いながら話した。

「一つのサイトだけでなく、色々なサイトからネタを拾いますから間違いではありません。勿論、文は変えますよ、それにコメントも追加しますから、他と違います」

例えばラッキーカラーがブルーなら、勝負下着をブルーにすれば90%成功間違いなしと言い切り、

「ただ気を付けて、相手の下着の色との相性が悪いと10%の失敗にハマってしまう。ブルーに近い色は反発し合うから注意」。そんなコメントを添える。

ブルーに近い色か、成功しても失敗しても言い訳が出来るのだから、官僚の発言と同じだろう。それでもコメントにユーモアが入っているので、受けがいいのだと言う。

その他にゲームライターをやり、翻訳の仕事も請け負い、典江は情報処理と宅地建

物取引士のライセンスを取る勉強をしていた。

「でも本当は作家になりたいんです。アガサ・クリスティーのようなミステリー作家に」

それを聞いて、何故、典江がこの事務所で働きたいと言ったか、分かった気がする。

笹川敏明から穣介の事を聞いたのだろう。

作家に必要なネタ集めには格好の場所だ。だから月給がなしでもいいと言ったし、仕事場として事務所を使える。

その上食費も浮く、昼飯だけでなく給湯室には、事務所の経費で買った食品が置いてあり、お菓子もためこんでいた。

その給湯室で典江は夕食を作った。もっとも簡単な物が多く、チャーハンやオムレツ、それにサンドイッチが得意料理になる。

ハンバーガーで使用するパンを使うが、このパン、普通のパン屋では売っていない。

典江はどこで調達してきたか分からないパンを使い、野菜やハム、時には果物を挟んだサンドイッチを作る。

「所長、特製バーガーです」

典江はキウイを入れたホイップクリームパンを持って来た。穣介は体調が悪いと言い、そのパンを食べなかった。果物はそのまま食べた方がいいと思うし、クリームたっぷりは苦手だ。穣介とは逆に典江は甘い物が大好きである。

給湯室でサラダを作り、典江はそれを冷蔵庫に入れて帰る。

朝飯は事務所でヨーグルトとサラダ。週5日勤務でその間の食事には困らないし、週末には特製バーガーをエコバッグに詰めて持って帰るのだからチャッカリしている。

最近は事務所で穣介の定位置は来客用のソファーになり、机と椅子は典江が使っていた。穣介は事務員は不要と思っており、笹川の顔を立て採用しても、適当なところで典江には引き揚げてもらうつもりでいたのだが、穣介が思っていた以上に、典江は動きがよかったのである。

まずネットに強い。

目的地に迷っても典江に電話をすれば、目印になる物を一つ言うだけで穣介の現在地が分かり、的確にナビゲートしてくれた。

必要な情報も直ぐに調べた。

インターネットで調べるだけではない、週刊誌と繋がりがあるので表に出ない情報やネタも集めてくる。情報収集能力が高く、それも裏のゴシップや思わぬ話も集めてきた。

押しが強くて図々しい性格はダテではなく、人脈も広い。週刊誌だけではなく、新聞記者の知り合いもいると典江は言った。パソコンに強いのも穣介にとっては頼りになった。

いつの間にか來栖司法事務所にとって、典江は重要な戦力になっていたのである。

「銀行に試算してもらったのだがね、相続税に10億かかる」

依頼主である黒川寛治はそう言いながら額に皺を作った。

今年80になっても、経営する工務店の実権は会長である黒川がまだ握っている。

自分はまだまだやれると思っている男は、そろそろ相続が気になりだした。

それに会社も、より節税をしたい、

それが黒川の依頼、額にまた深い皺が見えた。

「会計士もやはり同じ事を言う、だがね、もう少し何とかしたいのだよ」

「分かりました、では、その少しを何とかしましょう」

「出来るかね……」

「まず節税の一番の方法は現金を手元に置く事です」

「しかし、大金になる……」

「安全な保管場所があります。銀行も安全とは言えない時代ですので現金を手元に置いておくのは万一の備えにもなりますし、やっている方も大勢います。税金は家や土地など全ての資産にかかり、充分に取られるのですから、手持ちの金は節税と考えても宜しいのではないですか、ただ普通の貸金庫より割高になります」

「それは構わんが資産もある程度金に換えておきたい、金に換えれば税金がかかるだろう」

たっぷり税金を払うのだから、ある程度の節税はグレーゾーンと黒川は思っている。資産を何とかしたいと言うのが本音だ。白髪交じりの男は狭い額にまた皺を見せた。

「上手く扱える税理士を知っています。その税理士を使えば会社もより節税が出来るでしょう。但し普通より少しお高いですが、節税出来る金額から見れば、さしたる出費ではありません」

黒川は腕を組んででも、もう腹は決まっていた。

その為に來栖司法事務所に依頼したのだから。

「保管場所も税理士も私が話をつけます。手数料は１００万で構いません。節税の金額から見れば、これも微々たるものです」

黒川の額に皺が出来た。

その皺は、先程より深いものではなかった。


「典ちゃん、今日の昼飯は少し贅沢をするか」

「いいんですか所長、でも今日は戻られるのが早いですよね」

まだ11時、仲介役として２ヵ所に話を通しただけで、半日かからずに１００万が懐に入った。

こんな割のいい話は穣介も初めてだ。

「半日だが、仕事が上手くいってね」

「へえ〜、所長幾ら儲かったんです」

「それは秘密、だが遠慮しないでいいぞ」

「それではお言葉に甘えて、今リスト持ってきま〜す」

典江は肩を揺すりながら給湯室に向かった。

食べる事が好きで、感情の表現も豊か、それにハッキリ物を言う。

典江の性格は少し日本人離れをしている。もっともそのくらいでなければ、この事務所では務まらない。典江が給湯室に入ろうとした時、部屋のドアがノックされ、細身で小柄な男が事務所に入って来た。


「長谷川さん、何のご用です。話は先程ついたはずですが」

「いえ、たまには來栖さんとゆっくり話をしたいと思いまして、チョッと顔を出させてもらいました」

穣介はさりげなく左の手を握り、そこから3本の指を出した。

様子を窺っていた典江もそれに気づき、給湯室に入っていった。

来た客の待遇を決めるサイン。

上はハミングからコーヒーとケーキを取る。中はインスタントでも高めのコーヒー、下は一番安い特売のコーヒーになる。この男にはインスタントコーヒーでも勿体ない。

長谷川はこのビルの3階に事務所を持っている税理士。灯台下暗しと言うが、直ぐ近くにこんな悪徳税理士がいる事を、穣介は暫くの間気づかなかった。

長谷川の事務所に話を持っていった。たぶんこの男は上手い話をもっと振ってほしいのだろう。目が小さく貧相な顔の男は愛想笑いを浮かべた。

穣介が見たくない笑いだ。

典江はインスタントコーヒーとスーパーの特売で買ったクッキーを、ソファーの前のテーブルに置いた。丸い透明の小鉢に安いクッキーが入っている。

長谷川は腰が低く話も上手い。

上目遣いに相手を見る小さな目は、穣介には狡猾な狐に見えた。

いや狐ではなくイタチだ、この男はイタチに似ている。

前に一度、同じような依頼者がいて、この長谷川に紹介した事がある。

「税務署の裏をかくのは簡単ですよ。彼らは色々な所から情報を集めますが、一番は銀行の履歴、但し相続なら3年前まで、その間に金が引き出されたかを調べる。手口は分かっているので、その裏をやればいいだけです」

腰が低く、やはり上目遣いに長谷川は穣介を見た。

税務署が目を付ければ85％は脱税を見つけると言い、

「15％は見つける事が出来ません」

その時も長谷川は狡猾な目で笑った。

穣介は貧相な顔が獣に見えた。

嫌な目だ。

誰でも節税を考える。その仲介で税理士を紹介しただけ、そう割り切ったが、この男とは話をしたくはない。話術は巧みでも、覗き込むような目が細まると、泥水が躰に跳ねたような心持ちになってくる。関わりたくない相手だ。ため息を吐くように、椅子の端を左の拳で叩きながら、穣介は長谷川の話に相づちを打った。

暫く世間話をして長谷川は帰っていった。穣介はコーヒーに口を付けなかった。腹の中で気にくわないと思っている。その相手の前では飲みたい気分にならないし、小ずるそうな男の顔を見ながら飲んでも、美味しくはないだろう。

「所長、あの人3階の税理士さんですよね」

「そう、だがここに来てほしくない。一緒にいる所を見られたら俺も同類に見られる」

「でも所長、私チラッと噂を聞いたんですけど、結構優秀な税理士さんらしいですよ」

優秀という噂もある。

だが人間としてのランクがAからDまで4段階あれば、あの男は最低のDクラスに入る。

もっとも、だからこそ、平気で税金を誤魔化す事が出来る。

「所長、あの人が来たのは今日の仕事と関係あるんですか」

典江は図太い性格だけでなく勘も鋭い。

「仕事の話はもういいだろう、それより昼飯を頼もう」

「でしたら釜めしがいいです。これ見てください牡蠣の釜めし、美味しそうでしょう」

「デリバリーで釜めしもあるの」

「ええ、それに贅沢していいならハミングからコーヒーとケーキも取っていいですか」

「構わんよ、コーヒーは一番いいやつにするか」

典江はまた肩を揺すり、楽しそうにスマホから電話を掛けた。

穣介も飲み直しで美味いコーヒーが飲みたかった。


「アレ、所長コーヒー飲んでませんね」

「いやね、チョッと飲む気がしなくてね」

「でも長谷川さんも飲んでませんよ」

典江はコーヒーが残っていてもそんな事はお構いなしに片付け、また肩を揺すった。

「今日のお昼、楽しみですよね所長」

典江は給湯室に歩いて行き、穣介は黙ってソファーに座った。

時計を見て典江はまた楽しそうに肩を揺する。穣介はソファーに座り、いなくなった男の残像を見ていた。

結局、あんな男と俺は同類なのか、
穣介は急に昼飯を食べる気がなくなった。

昼飯は宝来軒の餃子定食でよかった。八宝菜もいらないし、コーヒーも俺には上等は似合わない。

昼飯は冷めたインスタントコーヒーだけでも充分だろう。

そんな事を思いながら、コーヒーを飲まなかった男のソファーを見つめ、穣介は静かに唇を噛みしめた。

ストーカー

1

穣介のいる雑居ビルは正式な名称は笹川第三ビル、築20年だが3年前に外装を修繕したので、穣介が想像していたよりも立派な外見をしている。

ただ何故、第三ビルかは分からない、笹川敏明の所有しているビルは二つだ。

5階建てで地下に麻雀屋とスタンドバー、1階にはサントスという洋食屋とハミングという喫茶店が入り、洋食屋の親父は小太りで温和、垂れた目に愛嬌がある男だ。隣の喫茶店は、この親父の女房が経営していた。

洋食屋と喫茶店はビルの中なら出前をしてくれ、穣介はこの洋食屋をよく利用した。サントスはハンバーグとナポリタンが中々美味い。洋食屋と言っても、親子丼やかつ丼もメニューにある庶民的な店で、580円のランチが人気がある。ランチは日替わり、その中に大人ランチというのがあった。

大人ランチと言ってもハンバーグに目玉焼き、そこにサラダとナポリタンが少し付くだけで中身はお子様ランチと同じだ。穣介は何故大人ランチなのかと尋ねた事がある。

「お子様ランチはハンバーグにかけるのはケチャップ、これはデミグラスソースをかけます。だから大人ランチです」

小太りの親父はそう言った。

しかも真顔で、
穣介はそれ以上尋ねなかった。

2階は接骨院とダンス教室、3階が弁護士事務所と税理士事務所になり、4階に健康器具のメーカーが二つのフロアーを借りている。

「所長、ジャズダンスやりません？」

初田典江が突然そんな事を言ったのは火曜日の朝だ。コーヒーカップの横に典江はパンフレットを置いた。

「2階のダンス教室、今まではエアロビとヨガでしたが、週3日ジャズダンスを始めたんです。前田瑠璃《まえだるり》さんという人がインストラクターなんですけど、美人ですよ、それに……」

典江は胸の前で手を動かして見せた。

「グラマーなんです。あの人が来てから男の人が増えたので、所長が行っても大丈夫です」

「典ちゃん詳しいね」

「先週入会しました。今ならキャンペーン期間中なので入会費半額です。所長、躰動かした方がいいです」

「いいよ、俺は時間が不規則だから」

「夜の9時までやってますから大丈夫、やりましょうよ」

典江が熱心なのはキャンペーンには入会者紹介もあったから、1人紹介するとダンス教室の割引クーポンが貰える。典江は積極的でも、穣介はその誘いに乗らなかった。

ダンス教室を断った穣介が、典江が話した前田瑠璃と会ったのは、それから4日後の事になる。典江の言った通り瑠璃は目鼻立ちのハッキリとした美人で、瞳が大きく目元に色気がある。瑠璃はショートボブの髪を鮮やかなブルーネットに染めていた。

和風ではなくラテン系の顔立ちの女は、最初に電話を入れてから、その5分後に穣介の事務所にやってきた。調査や探偵業務など穣介が何でもやる事を典江から聞き、瑠璃は相談に来たのだと言う。左の肘を1度撫でてから瑠璃は低いがハッキリした声で話した。


「ストーカーですか」

「そうなんです、昨日の夜いきなり道で呼び止められて脅されました。その時は急いで人込みに逃げて助かったのですが、怖くて夜は歩けません」

「呼び止めて脅すなら、もうストーカーではありません、警察に相談した方がいいですね」

「警察は身を守ってくれません、それに相手がどこに住んでいるかも分かりません」

確かに警察は捜査が基本業務で、犯罪が起こった後でなければ動かない。穣介は話を聞き、ただのストーカーとは思えなかった。

「前田さん、その相手に心当たりはありませんか」

「そう言われてもいきなりでしたし、職業柄色々な人と接していますので分からないです」

このビル以外でも2ヵ所のダンス教室でインストラクターをしていると前田瑠璃は言った。

スタイルがよく色気のある美人、瑠璃目当てに色々な男が集まって来ても、全ての顔を覚えてはいないだろう。だが名前を言われたのなら、相手と何らかの接触があったはず、それに興奮していて何を言われたかを瑠璃は覚えていないと言い、

「腕を引っ張られました、それを振りほどいて逃げました」

その言葉に、穣介は何か裏があると思った。

瑠璃は心当たりはないと言った。そうなると穣介も考えてしまう。

「護衛ですと一日の日当は高く付きますよ。それに相手はもう現れないかもしれない、もし現れるとしても護衛を警戒して簡単には近づかない。警護を続けるのはかなりの出費になります」

「警護ではなく、その男の身元と住所を調べてほしいのです。私も思い当たる事があるかもしれませんし、もしあれば警察にも相談出来ます」

やはり心当たりがあるな、内輪のトラブルかもしれない。

前田瑠璃は相手の居場所を知りたいのだろう。

「3日で結構です、もし男が現れたら追い払い、相手の身元を確認してほしいのです」

どうするか、この女は全てを話していない気がした。離れて見ていた典江が、穣介にペコリと頭を下げている。

穣介は少し考えてから、その件を引き受ける事にした。

2日後の夜、ダンス教室を終え、前田瑠璃は駅に向かい歩いていた。その後ろを茶色いジャケットの男が歩いている。男は足を速めた。

ビルに挟まれた細い脇道がある。

その近くで、ジャケットの男は後ろから瑠璃の右腕を掴み、脇道に連れ込んだ。

男の後ろを歩いていた穣介は、直ぐに脇道に飛び込んだ。

瑠璃と、男の声がする。

穣介は揉み合っている2人に近づいた。

「何をしています」

穣介の声に男が振り向いた。

30代の半ばだろう、ヤクザには見えない、普通のサラリーマンという顔の男だ。


「ほっといてくれ、これは俺と瑠璃との話だ」

男は興奮している。穣介は瑠璃の助けてという言葉で2人の間に割って入った。

「おかしな事をすれば警察を呼びますよ」

穣介は両手で男の胸をドンッと押した。

男が穣介を睨むと、穣介も男を睨み、1歩前に出た。

口の中で何かを呟き、男はクルリと向きを変え、ビルの路地の奥に歩いていった。

「大丈夫、直ぐに駅に向かってください」

瑠璃が路地を出ると、穣介は男の後を追った。

男は暫く歩き、小さな公園の中に入った。

穣介は公園の入口で注意深く男を見ていた。

男はブランコに乗っていたが突然立ち上がり、

「クソ……」

足元の小石を蹴った。

「少し話をしませんか」

暗闇から歩いてくる穣介を見て、男の顔色が変わった。

「何だ、あんたは……」

「私よりあなたは何者です、なんで前田さんにあんな真似をするのですか」

「他人には関係ない話だ」

「いいえ、関係がある。私は依頼され動いています」

いきなり男の横に飛び、穣介は腕を捻り、相手の膝を地面に突かせた。

「痛い……、放せ……」

「静かに、動きを止めれば捻りません」

穣介は片手で素早く男のポケットを探った。

カード入れがある。

開くと運転免許証がカードケースに差し込んであり、公園の薄暗い街灯の下で穣介は書かれている名前を二度呟いた。


カード入れをポケットに戻し、穣介は男の腕を放した。

「何をする……」

男は穣介を睨んだが、穣介は冷静に喋った。

「佐々木さん、前田瑠璃さんと何があったのです」

佐々木と言われた男は、憮然とした表情で地面に座り込んだ。

「瑠璃は俺を裏切った。あの女にどれだけ俺が援助したと思う。1年外国に留学したいと言った金も、俺が無理を重ねて工面したんだ」

「だが瑠璃さんは、あなたを振ったのですね」

「ああ、日本に戻っても、連絡もよこさなければ居場所も教えない。メールで一言だけあった。今までありがとう、とな……」

佐々木という男は暗闇を見つめ、ケラケラと笑いだした。

穣介も事情は分かった。

女に貢いだ男が捨てられた。

世の中にいくらでもある、その中の一つだ。

こういう男女の関係には立ち入らない方がいいだろう。当事者同士で解決してもらうしかない。

「一つ忠告します。経済的損失を補いたいのなら弁護士を通して話をしなさい。あんな方法で瑠璃さんに近づけば今度は警察に訴える」

穣介は言葉遣いを荒くした。

「二度とあんな真似はするな、今度やれば容赦はしないぞ」

佐々木を睨み、穣介はその場を離れた。

公園を出る前、穣介は一度振り向いた。佐々木は地面に座り込んだまま黙って闇を見つめている。


暫くして佐々木は公園を出て、トボトボと駅に向かい歩いていった。

東京ではない、電車は千葉の地方都市に止まり、佐々木はその駅の改札を出てから20分程暗闇を歩き、木造の2階建てのアパートに入っていった。

佐々木がドアを閉めた暫く後、穣介はそっとそのアパートに近づいていった。

佐々木が入った部屋には表札がない。

穣介は場所を確認し、静かにその場を去った。

2

「前田さん、佐々木邦夫さんとはどういうご関係だったのです」

佐々木の名を言われ、前田瑠璃は一瞬唇を結び、フッと息を吐いた。

「佐々木さんには以前お世話になりました。それは恩に感じておりますが昔の話になります」

「今は関係を持っていないのですね」

「ええ、昔少しお付き合いをしておりましたが、お互い了承の上お付き合いをやめ、今は関係はございません」

「何故それを最初に話さなかったのですか」

「最初は暗闇でいきなりだったもので、動転して誰であるか分かりませんでした。ですが佐々木さんに恨まれる覚えはありません」

「佐々木さんは前田さんが外国から戻り、急に冷たくなった事を恨んでいます。それに外国に行く費用も佐々木さんが捻出したと聞きました。本当ですか」

「私が工面した中で、足りない部分を佐々木さんが出してくれたのは確かです。私は一度断りましたが、佐々木さんからたいした額ではないので受け取ってほしいと強く言われ、その言葉に甘えてしまいました。ですが、その件は佐々木さんも納得の上の事です」

「ではなんであなたに、あんな形で迫ったのでしょうね」

「分かりません、ただ相手が佐々木さんと分かったので、今度同じ事があれば警察か弁護士に相談致します」

「それがいいと思いますよ」

穣介はその時の為と言われ、佐々木の住所を前田瑠璃に教えた。


瑠璃が事務所から帰った後、穣介は窓から都会の雑踏を見つめた。

男女のトラブルには首を突っ込まない方がいい。

そう思うが、佐々木が帰ったアパートと、千葉という事が引っかかっていた。

免許証の住所と違う、それに表札も出ていなかった。

窓の外を見ながら穣介は思案し、そして事務所を出た。

佐々木邦夫を少し調べたくなったのである。

保険会社の者だと言い、アパートの人間に佐々木の部屋を聞いた。1人目は知らぬといい、2人目の中年の女も知らないと言う。

「30代の男性なんですが、確かにこのアパートと聞き、お伺いしたのですけれど」

「30代の男なら奥の部屋かな、半年前に引っ越してきたね」

半年前に引っ越してきて表札なしか。おかしいと思い、翌日見張っていると、佐々木はアパートから15分程離れた場所にある小さな木工所に入っていった。

そっと窓ガラスから中を覗いた。佐々木は事務をやっている。

木工所の看板は錆び、字の一つが消えかかっていた。

穣介は、昨日は前田瑠璃に貢いだ為安いアパートに移ったのかと考えたが、どうも様子が違う。あの事務はたぶんパートだ、それで女に貢げるはずがない。

穣介は前田瑠璃の顔と目を思い出した。

あの女が付き合ったのなら、佐々木は名のある会社に勤めていた。穣介はそう考えた。

今はそこを辞め、住所を変え、表札も出さず、アパートの者とも付き合いがなく暮らしている。

何かから逃げている。

穣介は闇金融が頭に浮かんだ。

女に夢中になった男は、理性的判断が出来ずに闇金融に手を出した。恋は盲目と言う。熱くなった男には闇金融の怖さが分からなかったのだろう。無理をして金を工面したが、予想以上に利息が跳ね上がり取り立てが厳しい。

闇金融から逃れる為に会社を辞め、千葉の地方都市に逃げて来た。

そして瑠璃に突き放された。

今までありがとう、
その冷たい言葉で。
想像だが、穣介はそうだと思った。
その瑠璃を探し出し、佐々木は女に迫ったのか。

穣介はその夜自分の部屋のベッドに座り、壁にもたれながらウイスキーを飲んだ。

ガランとした広い部屋の端にベッドがあり、ベッドの前の棚にウイスキーの瓶とグラスが置いてある。あとはベッドの向かいの壁に大きな写真が貼ってあるだけだ。

ナマケモノが木にぶら下がっている写真、それを眺めていると何故か心が落ち着く。


穣介はコッ、コッ、と頭の後ろで壁を2度叩いた。

いつの間にかそれが癖になっている。

俺も30代の半ば、もうじき36になる。

工務店の薄汚れた窓ガラスから佐々木を見て、穣介は何とも言えない気持ちになった。佐々木は一流会社に勤めており、女の為に挫折し、あそこにいたのかもしれないのだ。

穣介はウイスキーを喉に流し込んだ。

俺もどうなるかな、
この商売はサラリーマンより遥かに稼げる。

もっともそうでなければ、こんな事はしない。

金が貯まったら、まともな事をやるか。

ただ、それまで生きていたらだ。

穣介はウイスキーを口に含み、コッ、コッ、と頭で壁を叩いた。

穣介が酔っても、目の前のナマケモノは木にぶら下がったまま、悩みのない顔を見せていた。


翌日になる。穣介はその日千葉に向かった。

歳も近く、人生のコースが曲がった男に自分と共通の部分を覚え、穣介はもう一度佐々木と話をしてみたいと思った。

時刻は夕方を過ぎ、辺りは暗い、もう帰宅していい時間だ。

ドアをノックしたが反応はなかった。

「あの人は今日、急に出ていったよ」

人相の悪い男が３人来たのは朝だと言い、中年の女は顔をしかめた。

「怒鳴る声が聞こえて、凄く怖かった」

女は佐々木の部屋の隣、薄い部屋の壁からその声が聞こえた。中年女は相手はヤクザだろうと穣介に話した。


穣介は佐々木の部屋のドアに手を掛けてみた。

ドアはス～ッと開いた。

部屋には誰もいない。

隅にある机の上に鍵とメモ書きがある。

鍵はお返ししますという文字だけ、穣介が部屋の中を見廻していると頭が禿げた中年男がそこに入って来た。

「あんた誰だ」

中年男は穣介にそう言い、次に机の上の鍵とメモ書きを見た。

「おい、おい、まさか夜逃げじゃないだろうな、家賃が1カ月溜まってるんだぞ」

中年男はまた何か言ったが、穣介は部屋の壁に貼られた写真を見ていた。

佐々木と前田瑠璃、瑠璃の髪は長髪でまだ染められていなかった。

2人は湖の前で手を繋いでいた。


「これは十和田湖ですね」

典江は写真の湖を調べ、そう断定した。

「典ちゃん、地方紙の記事も佐々木邦夫という名で全てチェックしてくれ、無銭飲食をしたという記事でもいい」


ヤクザのような男が押しかけて来た。

穣介は自分の推測が当たったと思った。闇金融だ、だがどうして佐々木の場所が分かった。穣介はある女の顔が頭に浮かんだ。


それから5日後、典江がネットで地方紙の記事を見つけた。

「所長、十和田湖で飛び込み自殺がありました。30代の男性です」

穣介は直ぐに地元の警察に電話を掛けた。

「佐々木邦夫の親戚の者です。邦夫が水死体で見つかったと聞き、お電話しました。遺体はまだそちらにありますか」

憶測で掛けた電話は担当に廻され、穣介は同じ事を繰り返し、相手は名前をもう一度確認した。

「昨日遺族の方が引き取られました。山形の実家で葬式を出すそうです」

穣介は電話を切り、窓から見える都会の雑踏を睨むように見つめた。


「佐々木邦夫さんが十和田湖で自殺をされました」

穣介の言葉に前田瑠璃は驚いた表情を浮かべ、その後神妙に頭を下げた。

「驚きました。何故自殺されたか分かりませんが、佐々木さんとはもう一度お話をしたいと思っておりました」

穣介は、それ以上は話さずダンス教室を出た。

驚いた表情を浮かべながらも瑠璃は口元を結んでいた。

あれは笑みがこぼれるのを無理に抑えたからだ。

もし前田瑠璃が男なら間違いなく顎に一撃くらわせていた。

拳をギュッと握りしめ、穣介は部屋を出ていった。


「典ちゃん、あのダンス教室はやめた方がいい」

「何故です、明確な理由を説明してください」

「理由はあのダンス教室に関係して人が死んだからだ」

初田典江はふ～んという顔で顎を少し上げた。

「十和田湖と関係ありますね」

「それ以上は言えんが、あのダンス教室に関わらない事だ」

「やめてもいいです。でもあと一つヒントをください」

穣介は座っていた椅子をクルリと廻し、

「女は怖いという事だ」

窓から見える都会の雑踏を見ながら、ポツリとそう言った。

「來栖さん、今日は何かあったのですか」

「どうしてそう思うんだ」

「だって、オンザロックでなくストレート、何かあったのでしょ」

グラスを置いた女は穣介が見てもいい女だ、美人だから冷たく見える。

クールビューティーという言葉がある、この女がそうだ。ブルームーンの麻美に熱を上げる男もいるだろう。この女はどうやって男を捌く。

「別に、ただ……」

「酒の味を楽しみたいのでしょ」

麻美は左の口角を僅かに上げた。笑ったようには見えない、だがゾクリとする。

それに勘も鋭い。

女はやはり怖いな、穣介はバーボンを飲み干し、地下の酒場を出た。

もう少し酒を飲もう。
そんな事を思いながら穣介は暗い階段を上った。
同じビルだが、行きたくない場所がまた一つ増えた。
そんな所で俺は生きている。
穣介はナマケモノを眺めながら酒を飲みたかった。

コツ、コツという足音が耳に聞こえる。暗い階段は音が響く、崩れたドアを叩くような音だ。そう思った男はフッと下に向けていた顔を上げた。

何だ、
人の声ではない、唸りとも軋みともつかない音が闇から聞こえ、穣介は足を止めた。
耳を澄ませた時には音は消え、一瞬だが闇が歪んで見えた。
穣介は闇を見つめ唇を噛んだ。ただの錯覚、それだけだ……。
だが確かに何かが聞こえた。

闇から顔を戻し、穣介は静かに頭を振った。
早く酒を飲もう、
顔が下を向き、止まっていた音が動き出した。崩れたドアが叩かれても、闇はもう扉を開けようとはしない、ただ重い足音だけが、暗い階段に響いていった。

コーヒー

今日はどこで昼飯を食べるか、
昼飯が楽しみなのは初田典江だけではない、來栖穣介にとっても昼飯は楽しみの一つだ。

外に出ている時は色々と迷うが、事務所の近くなら穣介は「五月《さつき》」という定食屋に行く事が多かった。

穣介は週に3日は焼き魚を食べた。

鯖の塩焼きが好物で、秋刀魚などの青魚をよく食べる。

塩焼き以外は煮つけ、五月は鯖の煮つけも美味い。

定食には冷奴と煮物が付き、こちらの煮物も中々美味く量も多い。

サイドメニューも豊富で、味噌汁にはアラ汁もある。穣介は五月ではいつも丼に大盛りで飯を食べた。

その日穣介は五月で鰆の定食を頼み、だし巻き卵をサイドメニューに付けた。五月のバイトの女の子は、穣介の顔を見ると黙っていても大盛りで飯を出してくれる。穣介はその日の味噌汁をけんちん汁にした。

10代の育ちざかりを別にすれば、満腹に食べるのは一日1回でいい、3食腹一杯食べるのは躰に悪いと穣介は思っている。その1回が昼、飯を食べ終え事務所のあるビルに戻った穣介は、階段の前でチラリと横を見た。

事務所に戻ってインスタントコーヒーでもいいのだが、喫茶店で食後のコーヒーを飲むのも悪くない。足が階段からハミングに向かい、穣介は一番奥の席に腰を掛けた。

入口のドアに描かれていたイラストが変わった。コーヒーカップからコーヒーポットに変わり、ハミングはコナコーヒーもメニューに加えた。

このコナコーヒーが穣介のお気に入り、苦みの少ないまろやかな味で口当たりが滑らか、コーヒーがス～と喉を通り、後味がさっぱりとしている。

コーヒーにはお菓子が一つ付いた。盃のような小さな皿に乗り、角砂糖を少し大きくした程度の洋菓子は、程よい甘さでコーヒーによく合う。このお菓子もイラストと共に変わった。


コーヒーを一口飲み、穰介はぼんやりと窓の外を眺めていた。

「アラ、來栖さん……」

左横から女の声がした。

穰介が顔を向けた時には、東山慶子はもうテーブルの前の椅子に座ってしまった。

「奇遇ね、この店で会ったのは初めてじゃない」

慶子は注文を取りに来たバイトの娘にメニューを渡され、メニューを開く前にチラリと穰介のカップを見た。

「來栖さん何を飲んでいるの」

「これは……、コナコーヒーですが……」

「そう、私もコナコーヒーでいいわ」

慶子は開かなかったメニューをバイトの娘に返した。

ゆっくりコーヒーを飲んでいる時に、あまり会いたくない相手に会ってしまった。

穣介はカップを口に当てながら慶子を見た。

東山慶子はチラリと店の中に目線を走らせてから、テーブルに置かれたコーヒーカップに手を伸ばした。昼の混雑時を避けて穣介は1時頃に定食屋に入った為、慶子がコーヒーに口を付けたのは、もう2時近い時刻になる。この時刻になると喫茶店の中は潮が引くように客が減り、入口近くのテーブル席に2人が座っているだけであった。

左手にカップを持った女は少し表情を変えた。

「穣介さんはコナコーヒーが好みなの？」

辺りに人がいなくなると、來栖さんが穣介さんに変わった。

やはりあんな事はやるべきではなかった。

目の前で喋る中年女を見て、穣介は胸が重い、それもズシリとくる重さだ。

アレは1カ月、いや2カ月近く前の事だ、あの後から東山慶子の穣介に対する態度が変わった。

世間話、と言っても慶子が一方的に喋り、喫茶店の時計を見て東山慶子は話を切り上げた。

「もう時間だわ……」

カップに薄っすらと付いた口紅の跡をティッシュで拭き取り、慶子はテーブルの下から低いハイヒールの先で穣介の膝をコツッと小突いた。

「じゃあ、また」

スッと立ち上がり、慶子はテーブルに置かれた注文書を手に取った。そのまま入口にあるレジに歩きだしたが穣介の注文書も持っている。

「東山さん、待ってください」

「いいのよ、コーヒーぐらい」

女弁護士は振り向きもせず左手を上げ、ツカツカと入口に向かい歩いていく。

穣介も諦め、椅子に深く座り直し、前にある空のカップを見つめた。

やはりするべきではなかったな、
階段を上りながら穣介はそう思った。
最初はブルームーンのカウンターからになる。

階段を上がりながらその時の事が頭に浮かび、穣介は目を細めた。


ブルームーンのカウンターの端で飲んでいた穣介に、

「アラ、來栖さん……」

喫茶店と同じように東山慶子が声を掛けた。

「東山さんもお酒を飲むんですか」

横に来た女に穣介がその言葉を返すと、僅かに笑みを見せながら東山慶子はハイボールを注文した。

「たまにね、やっぱりストレスが溜まるでしょ」

慶子は左手にグラスを持つ、
そう言えば事務所で見た慶子もペンを左手に持っていた。

東山慶子は左利きか、
穣介がその時思ったのはそれだけ。法律関係の相談をする相手だけに、穣介は当たり障りのない会話を始めた。

東山慶子は10年前に離婚し、弁護士の仕事をこなしながら子供を育てている。穣介の目から見ても慶子は優秀で、頼りになる弁護士である。美人弁護士と世間が持ち上げる通り、知的な顔で形のいい鼻をしていた。美人という表現はオーバーではないが、子育てをし、厳しい弁護士の世界で生きてきた慶子は、時折男のような険しい表情を見せる時があった。男に負けない為に、積極的で攻撃的な性格になるのは仕方がない事だ。ただ、美人であるだけに、余計きつい顔に見えてしまう。

慶子は左手に持ったグラスを目の上にあげ急に黙り込み、そのままグラスの中を見つめている。穣介はグラスを見ているのではないと思った。

横にいる女は漠然と目の上を見ている。

「今日で30代も終わり、明日から私もオバサンになる」

グラスをテーブルに戻した慶子は、中の酒は飲まなかった。

次に慶子に会ったのは2週間後になる。

依頼された件を処理する為、専門的な法律の解釈を尋ねに穣介は東山法律事務所を訪れた。その時、

「6時過ぎがいいです」

昼間は忙しいので夕方、右に巻いた腕時計をチラリと見て、慶子はそう言った。

穣介は6時過ぎに事務所を訪れ、1時間程慶子と話をした。チラリと慶子はまた右手の腕時計を見た。

「來栖さん、たまには食事でもしない」

唐突にそう言った。

「來栖さんのやっている事に興味があるの、少し聞かせてよ」

穣介はどう返答するか迷い、断らない方がいいと判断した。有能な弁護士とは懇意にし、良好な関係を保っておきたい。

「やっている事と言っても、依頼主の秘密を守る義務があるので、たいした事は話せませんよ」

「いいわよ、話せる範囲で」

慶子は微笑を見せながらまた腕時計を見た。

「和食でいいかしら」

東山慶子は左手でスッと髪を撫で上げた。


料亭の個室、話を聞くと言いながら東山慶子は一方的に喋り、料理と共に酒も飲む。穣介は慶子にお酌をしながら酒を飲むペースが早いと感じた。

目の前の女はもう目元が赤い。

デザートが出た後も、慶子は盃の酒をキュッと飲み干した。

「今日の相談料だけど……」

これも唐突に言った。

「お金じゃなくてもいいわよ……」

40になった女は酒で赤らんだ頬をス～ッと穣介に近づけ、急に声を細めた。

東山慶子の話に穣介は二つの意味で驚いた。

一つは話の内容、もう一つは知的で有能な女性弁護士の言葉とは思えなかったからである。

「東山さん、それはジョークですよね」

女は赤らんだ頬をプ～ッと膨らませた。

「思い切って話したのに、來栖さん女の気持ちが分かってませんね」

「そういう話ではないです。東山さん、いくらなんでもそれは出来ません」

「やっぱり、こんなおばさんでは相手にする気は起きないわよね」

有能な弁護士と言われた女は、露骨に感情を顔に出し、女学生のように口を尖らせた。

「息子が今度高校に上がる。その為に必死に頑張ってきた。でもね、気づいたらもうオバサンになってた……」

慶子は手酌で酒を注ぎ、また盃を一口で飲み干した。

「自分が女だという事を、もう一度知りたい……」

慶子はもう穣介を見てはいない、40になった女は料亭の暗い庭を見つめた。

それから慶子と話した事を穣介はあまり覚えていない。

やり手の弁護士の別の顔が穣介には見えた。

バリバリ仕事をこなす女の裏に、孤独で寂しい影が見え、慶子の申し出を最終的に穣介は受けてしまった。

もっとも、念は押した。

「一度だけ、ほんとうに一度だけでしたら……」

慶子は真面目な顔で頷き、子供のように笑った。

有能な弁護士とは上手くやっていきたい
穣介は自分にそう言い聞かせ、東山慶子と料亭を出た。


それから5日後の事、海の見えるシティホテルで穣介は慶子と会った。

最上階の洒落た部屋、サービスドリンクで慶子はシャンパンを選び、銀の器でイチゴも頼んだ。

ホテルに来た時は普段と変わらない。

シャワーを浴びるとメイクをし直し、慶子はピンクのバスローブの下に網タイツを穿いた。あれが勝負下着と言うのだろう。40の女は穣介が見ても派手でセクシーな下着を着けている。

　そのホテルを出る時、慶子は真っ赤なルージュを拭き取り、普段と変わらない顔で普段と変わらない服を着ていた。その後ビルで会っても慶子は前と変わらず穣介に接した。

　一度だけの大人の付き合い、それで終わりだ。

　穣介はホッと胸を撫で下ろし、東山慶子とは前と変わらずビジネスライクに付き合う事にした。

　それから1週間後の、あれは午後の3時頃になる。ビルの近くにある箱庭のような公園のベンチに穣介が腰を掛け、缶コーヒーを飲んでいた時の事、公園の前を東山慶子が通り、穣介を見つけた。公園には穣介以外誰もいない。慶子はツカツカと穣介に近づき、同じベンチに座った。

　儀礼的に当たり障りのない言葉を交わしたが、慶子は更に近寄ってきた。

「素敵な店があるの、今度行かない、穣介さん」

來栖さんではなく、穣介さん、それも穣介の肩に自分の躰を押し付けてくる。

嫌な予感が浮かび、それが当たった。

それから慶子は周りに人がいないと来栖さんが穣介さんに変わり、パーソナルスペースに踏み込んでくる。やはりホテルに行ったのは間違いだった。

階段を上り、事務所に戻ると、初田典江はパソコンを打つ手を止め、左手でトントンッと首を叩きながら穣介を見た。

「所長、コーヒー淹れましょうか」

「いや、コーヒーは飲んできたのでいい」

「それハミングですか、あ～、私もハミング行きたかった」

典江は机から立ち、給湯室に足を向けた。

「インスタントではなく、疲れた時は香りが立つコーヒーが飲みたい」

「典ちゃん、ハミングからコーヒー取っていいよ」

「ほんとですか、でもコーヒー一つだと出前は無理です。ケーキ取っていいですか」

「俺もコーヒーを飲みたい。２人前頼んでくれ」

「ケーキ食べます？」

「いや、ケーキはいい」


正直、コーヒーを味わったとは思えない。

それに、あそこも行きづらくなった。

今度からコナコーヒーが飲みたくなったら出前にしよう。

慶子は頼りになる弁護士で顔も広く、人脈もある。関係を持っておきたい相手だ。

だからこそ、あんな事になってしまったが、頼りになる相手が近づきたくない相手に変わってしまった……。


ハミングから届いたコーヒーをテーブルに置き、典江はショートケーキをモンブランにした。穣介はコナコーヒーを一口飲み、僅かに右目を細めた。典江はケーキを食べ、口元を緩めている。その前で目を細めた男はゆっくりとコーヒーカップをテーブルに戻した。

いつもと違うほろ苦い後味を、穣介は感じたのである。

麻雀

　太陽が昇りだした時刻に、來栖穣介は目覚ましを止め、ベッドから起き上がった。冷蔵庫から取り出した水のペットボトルを頬に当てる。キーンとした冷たさに眠気が飛び、右の頬から次は左の頬に、これが起きた時の習慣になった。

　そのペットボトルをジャージの左ポケットに押し込み、非常階段から屋上に上がる。朝日が僅かに差し込む薄暗い静寂、慌ただしい都会もまだ動きだしてはいない、穣介は時間が止まったようなこの感覚が好きだ。

　屋上は何もないガランとした空間、その空間の端にポツンと小さな小屋がある。

　小屋にはビルの電気機材や備品が入っており、突き出した屋根の端にサンドバッグが吊るしてあった。そのサンドバッグを付けたのは穣介、小屋の壁に折りたたみの小さな椅子も立てかけてある。

時折河川敷をひたすら走り、普段はこの屋上が穣介のトレーニングジムになる。

朝日が昇るのを見ながら躰を動かすのは、爽快な気分だ。

折りたたみ椅子の上に水のペットボトルを置き、ストレッチをする。次は縄跳び、右のポケットから出した縄で、何回というのではなく疲れるまで飛び、もう駄目だと思うと椅子に座り、水を飲む。


周りのビルが光を反射しだした。今度はスクワット、これも疲れるまで繰り返した。汗が額から吹き出してくる。穣介は椅子に寄りかかるように座り、水を飲んだ。500㎖のペットボトルはもう3分の1しか残っていない、それでも次第に輝きを増す光を浴びると、疲れているのに躰を動かしたくなるから不思議だ。


腕立て伏せをやろうと思ったが今日は止《や》めた、やはりサンドバッグを叩きたい。

サンドバッグに吊るしてある練習用のグローブを両手に着け、僅かに声を出しながら茶色い塊に拳を叩き込む。

ただ叩くだけ。疲れるまで叩いた。

途中で一度止《や》め、残りの水を飲み、穣介はジャージの上着を脱いだ。

僅かに肌寒い、それでも再び叩き始めると、寒いという意識は消えてしまう。

ひたすらサンドバッグを叩く、
光を受けた躰から湯気が昇り、汗が目に染みる。

ランナーがゴールにたどり着いたように、穣介はサンドバッグに抱きつき朝日を見た。

綺麗だ、太陽だけは都会に住む者を隔たりなく照らしてくれる。

息が整うまで昇る陽を見つめ、非常階段で戻る。穣介は冷たいシャワーを浴びた。

シャワーの水をゴクゴク飲む。

ミネラルウオーターより水道水の方が美味い。

簡単にシャワーを済ませ、服を着替え、野菜ジュースを飲んだ。これが穣介の朝飯になる。

朝飯が済むと隣の事務所に入り、ソファーに小さな枕を置き、そこに横になった。

時間になれば初田典江がやってきて起こしてくれる。躰を動かした後のひと眠り、これが心地よく、ベッドよりもソファーの方がぐっすり眠れる。

典江が来るのは9時。鍵を開け、事務所のドアが開くと穣介は何故か目が覚めてしまう。もっとも、夜が遅い時はまたひと眠りするのだが、典江は穣介が寝ていても全く気にしない。穣介の机に座り、パソコンを立ち上げ、典江は朝飯を食べながら自分の仕事を始める。


ソファーから起きた穣介に、典江はコーヒーではなく日本茶を出すようになった。

「朝はコーヒーより日本茶がいいです。朝に日本茶を飲むと風邪をひかないそうです」

典江はそう言うが、出すのはティーバッグのお茶だ。

コーヒーを淹れるより簡単に済むからだろう。穣介のカップに入れたティーバッグの二煎目を典江は自分のカップに使う。時たま紅茶のティーバッグを使う事があった。典江は紅茶のティーバッグは四煎目まで使えると言った。

「色が出ます。それにレモンを加えれば美味しいですよ」

冷蔵庫にある瓶のレモン汁を加える。穣介はこのレモン紅茶は遠慮した。

穣介の事務所は常に依頼があるわけではなく、暇な時も多い。

そんな時に穣介が行くのはビルの地下にある雀荘であった。

雀荘の店主はいかつい顔で鼻が大きい。角刈りの男は、サングラスを掛けたら小太りのヤクザで通る。

恩田《おんだ》享吉《こうきち》は話してみると気さくで人当たりがよく、40の時に脱サラをして麻雀屋を始めた。麻雀屋の前は大手の建設会社に勤め、成績は優秀だったと、小太りの男は胸を張った。

そんな男が何故麻雀屋を始めたのか少し不思議だ。

恩田は麻雀が好きとしか言わず、あとは笑うだけ、ただ恩田と昔繋がりがあった者がよく雀荘にやって来た。60を過ぎた小太りの店主は顔が広く、面倒見のいい男である。

雀荘をやるだけあって恩田は麻雀が強かった。

「來栖さん、あんたプロになれるよ」

その恩田は盛んに穣介を褒めた。

時間がある時に雀荘に顔を出すのだから普通のサラリーマンよりは上手くなる。穣介も麻雀には少し自信があった。しかし、プロの腕とは思わない。

「牌の捨て方がいいですよ、捨て方に鋭さがあるもの」

牌の捨て方を褒められても麻雀の腕とは関係ないように思うが、麻雀の上がり役を作るのは引きの強さではなく、牌の捨て方だと恩田は言う。

「引きは運だけど、牌の捨て方は運じゃあない。迷わず牌を捨てる者は強いですよ」

迷いながら捨てていると穣介は思うのだが、勝負をかける時は勝ち負けを考えずに思い切っていく。危険屋をやっているからだろう、真剣勝負は踏み込んだら止まっては駄目だ。その習性が知らぬ間に身に付いていた。

恩田に褒められるだけあって穣介は雀荘では強かった。

もっとも程々にしか勝たないし、負ける時もある。

勝ちっぱなしだと相手がいなくなるので、適当に勝ち、適当に負ける。

それでも月に10万近くは稼ぐ時があり、穣介にとってはいい小遣い稼ぎであった。


その雀荘に、ある日煤けたグレーの服を着た男がやって来た。

細身で目が鋭く、左の頬が少し窪んでいる。

金曜日の午後8時に雀荘に来たグレーの男は、雀荘の端にある椅子に座り、10時まで黙って座っていた。左手で二つ握ったクルミを擦りながら、男は静かに雀荘の中を見ていた。

その日穣介は2人のサラリーマンと、サラリーマンには見えない40代程のもみあげが濃い男と雀卓を囲んでいた。

半荘が過ぎた頃だ、もみあげの濃い男が胸のポケットから煙草を取り出し、口に咥えた。

日に焼けてスコップが似合いそうな男は、１００円ライターで煙草に火をつけ、灰皿を置いていない雀卓で煙草を吸いだした。

この雀荘は禁煙、喫煙所は廊下の隅でトイレの脇にある。

目の前の眼鏡のサラリーマンが嫌な顔をしても、もみあげの男は床に灰を落としながら平気で煙草を口に咥えた。

「喫煙所が外にあります」

穣介はやんわりと言った。男は気にせず麻雀の牌を集めている。

「いいだろ、固い事言うなよ」

手に持った牌を見ながら男は煙を上げた。

「ですがこの店は禁煙ですよ、煙草は外で吸った方がいいです」

もみあげの男は煙草を咥えたまま穣介を見た。


それは突然だった、いきなり男は穣介の胸倉を掴み、

「うるせえ、黙ってろ」

店中に怒鳴り声が響き、周りの雀卓にいた者も思わず手を止めてしまった。

少し負けていてイラついていた事もあるのだろうが、突然怒鳴りだす奴はいる。

穣介の胸倉を掴んだ男もそうだ。

穣介は威嚇に対し驚いた顔も見せずに、胸倉を掴まれたまま男にスッと顔を近づけた。

「外で吸った方がいいです」

睨みつける相手を見て、ニヤリと笑った。

男の声に恩田享吉も穣介の雀卓に来た。

「お客さん、店の入口に書いてあります。ここは禁煙ですよ」

もみあげの男は穣介と恩田の顔を交互に見て、胸倉を掴んでいた手を放し立ち上がった。

「つまらん店だ」

吸っていた煙草を床に投げつけ、そのまま店から出ていった。

「ちょっと……」

眼鏡のサラリーマンが椅子から立ち上がった。声が小さく、男は振り向きもせず店を出た。

精算していない、少し勝っていたのに。

そんな表情だ。隣の、少し負けていたサラリーマンは何も言わなかった。

「うるさい奴が出ていき清々したと思えばいい、またやり直しましょう」

穣介の言葉に、煙草を拾った恩田もサラリーマン2人を見た。

「気を直してください、今までの卓代はチャラにしますから」

立っていたサラリーマンも諦め顔で座り直した。ただメンバーが足りない。穣介が店内を見廻すと、壁際に座っていたグレーの男がスッと立ち上がった。

「宜しければ加えてください」

グレーの男は低い声でポツリと言った。

1人で雀荘に来るのだから、腕には自信があるのだろう。

サラリーマン2人は警戒し、穣介も同じ目で男を見た。それでもグレーの男が加わり麻雀が再開した。

勝負はサラリーマンの方が上がりが多く、半荘終わった時、グレーの男は少し負けた。勝ったサラリーマンがチラリと時計を見てあと半荘と言い、また麻雀が始まった。

グレーの男は静かに中盤までを終え、終わりが見えると急に上がりだした。
打ち方が鋭い、
穣介は他人の打ち方を見て初めてそう感じた。

結果はグレーの男の1人勝ち、穣介も1万程負け、サラリーマンも2人で3万程負けたのである。

「私が勝ったので、この卓代は払います」

男はポツリと言った。やはり声は低く静かに話す。

勝っても表情を顔に出さなかった。

グレーの男は別の雀卓に入り、恩田の話では3万程勝ったと言う。


その男は次の金曜日も恩田の雀荘に来た。

その前に、穣介は恩田享吉からグレーの男が誰であるかを聞かされていた。

「神谷圭司《かみやけいじ》、プロの雀士でそれも凄腕だぜ」

穣介もプロだと思っていた。業界では有名で、全国を腕一本で渡り歩いている男だと、恩田は大きな鼻を少し膨らませながら、その話をした。

「今でも伝説になっている勝負があるんだ」

「恩田さん、現場にいたんですか」

「いや、人から聞いただけだが、負けていた試合を、最後に役満を上がりひっくり返した。劇画や映画の世界と同じ事が起これば有名にもなるさ」

「だがプロでしょ、いいんですか雀荘に入れても」

「えげつない事をしなければ目を瞑る。素人を適当に遊ばせ、負けても1人1万ぐらいだろう。パチンコなら1万なんてあっという間だぜ、プロと打てるのだから遊戯代と思えばいいのさ」

それに……と恩田は言い、話を付け加えた。

「また来ても長くは来ないさ、常連が敬遠しだせば、また別の場所に行く」

神谷は金曜日の8時に現れた。午前零時を過ぎると穣介はいつも雀荘を出る。ブルームーンは午前1時まで、隣のショットバーで少し酒を飲むのが、もう寝る前の習わしになっている。穣介がオンザロックを注文すると、人がまばらなスタンドバーに神谷圭司が入って来た。注文したウイスキーを、神谷は左手でクルミを擦りながら静かに口にした。

全国を股にかけるプロの雀士。穣介も少し興味が湧き、神谷の横に行く事にした。少し話を聞きたい、
駄目と言われたらそれだけ、いつものように酒を飲んで寝るだけだ。

横に来た穣介を神谷はチラリと見たが何も言わない。穣介もどう切り出そうか少し迷う。左手のクルミがカチッ、と鳴り、神谷の方から話しだした。

「あんた、堅気じゃないでしょ」

やはり低い声だ、それに表情を変えない。

「堅気ですよ、このビルで司法事務所をやっている。名は來栖穣介、あなたは神谷圭司さんですよね」

神谷圭司はウイスキーを一口飲み、またクルミを擦った。

「威嚇され胸倉を掴まれた。堅気はあそこで笑わない、それに麻雀の腕も中々だ」

神谷は無表情で淡々と話す。無表情でも穣介の事を神谷はジッと観察していた。

「私の事より神谷さん、あなた自分の事を堅気だと思ってます？」

神谷はゆっくりウイスキーを飲んでから口を開いた。

「堅気はこんな事をしない、俺はただの風来坊、それ以上でも以下でもない」

「何故風来坊をやっています。何が楽しみです」

神谷はまたウイスキーをゆっくりと飲んだ。

「時たま真剣勝負をする事がある。楽しみとはいえないが、しかし……」

神谷の口元が僅かに動いた。

笑ったかどうかは分からない、だが一瞬感情が表れた。

「まあそういう事ですよ、來栖さん」

神谷が飲んだのはウイスキーが１杯だけ、休憩で来たからと言い、神谷は雀荘に戻っていった。

真剣勝負か、

穣介は口の中で呟き、もう1杯酒を飲んだ。
恩田の話では神谷はその日も6万程勝って帰っていったと言う。
全国を腕一本で廻り、時に真剣勝負に己を燃やす。
劇画の主人公だな、
男には誰でも、風来坊のように自由に生きてみたいという願望がある。
穣介も少し神谷圭司が羨ましかった。

その次の金曜日、穣介が雀荘に顔を出すと、神谷圭司が壁際の椅子に座っていた。
雀卓がまだ一つ空いている。
どうするか、穣介がそう思った時、2人の男が店に入って来た。
あきらかに堅気ではない、
大柄で熊のような男は30代だろう、顎に僅かに髭がある。
角刈りの偏屈な職人風の男は50代か、短い髪に白髪が交じり、店内を見渡しながら
薄い唇が僅かに動いた。

２人の男は壁際の神谷の前に行き、何か話している。

角刈りの男が今度は恩田享吉と話しだした。

恩田は少し考えてから、３人を空いた雀卓に案内した。

雀卓の前に来たが３人はまだ恩田と話している。鼻の大きな麻雀屋の店主は顎を突き出しながら腕を組んだ。


穣介が恩田に店の隅で話をされたのは、それから直ぐ後になる。それはあまりに唐突で、穣介も直ぐに返答が出来なかった。

「３人ともプロなんですよね」

「ああ、だが面子が１人足りない、來栖さん入ってくれないかね」

「恩田さん、冗談でしょう。私はアマチュアですよ」

「いや來栖さんなら場を壊さない、負けない程度に打ってくれればいいから」

「でもレートが違うでしょ、幾らなんです」

「それなんだが……」

恩田は穣介を３人の前に連れて行った。

熊のような男と角刈りの男は穣介を訝しげな目で見た。神谷は穣介でいいと言い、そこで話は決まった。

「勝負は半荘、一番が全て、トップの総取りで掛け金は100万だ」

大柄な顎髭の男は無造作にポケットから50万の束を二つ出し、角刈りの男も黒いバッグから札束を出した。神谷も上着の内側に手を入れた。

肩から革のポーチをかけており、その中から神谷圭司も札の束を出した。

穣介はある意味感心した。

普通こんなに現金を持って歩かない、神谷はいつ勝負を挑まれてもいいように金を用意して雀荘に来ていた。

雀荘の勝負はクレジットカードではやらないのだから、当然かもしれないが、ほんとうに劇画のようだ。ただ、いきなり言われた穣介は困る。

「悪いが俺は現金の用意がない」

角刈りの男はジロジロと穣介を見て、熊男はチラリとしか穣介を見なかった。

「あんたは10万でいい」

「だが勝てば３００万が懐に入ってくる。まあ勝てばだが、半荘勝負なら分からんぜ」

「10万も大金だ」

熊男はニヤリと笑った。

どうする、俺が参加しないとこの勝負は始まらないぞ、
いきなり突拍子もない展開になった。なのに、躰が興奮していた。

劇画の中のような勝負に自分が参加する。こんな経験が出来る機会はもう二度とないだろう。

話を断る事も出来る。その後10万にビビったと後悔するかもしれない。

それに断れる雰囲気ではなかった。

決断しろ、
頭にその言葉が浮かぶと穣介は1歩踏み込んだ。

「面子になってもいいですが、今10万は懐にないですよ」

「なら立て替える。だが偉いよ來栖さん、話を受けてくれて」

麻雀が好きで脱サラをして雀荘を開いた男は、目の前で伝説と言われた男の勝負が

見られる事に小学生のように瞳が輝いている。

60を過ぎても男は子供だ。

鼻の大きな男は穣介に雀荘の無料券を束でくれた。

４人が雀卓に着くと恩田以外でもギャラリーが現れ、店の中に異質な空気が流れ出した。

穣介も緊張し、座っているだけで手が少し汗ばんできた。

リーチを掛ける者は誰もいない、
皆取った牌を目ではなく指先で見ていた。

自分の牌ではなく相手の捨て牌と、その相手の動きを見つめる姿は獲物を狙う獣と同じ、穣介も真剣勝負の緊張感をヒシヒシと感じ、瞬きする回数が減っていく。

勝とうとは思わない、危険だと思えば手を崩し、逃げた。

勝負をしているのは３人だ、穣介は当たられぬ事だけを考えた。勝負は熊男がリードし、後半にかけその差を広げていった。

いつの間にか店にいた者が全てその雀卓を囲んでいた。

あと一番、最後の勝負になった時、神谷は自分の牌を全て伏せた。

ドラは索子、最後の勝負が動きだした。


角刈りの捨てた發を神谷がポンをした。

ホ〜ッとギャラリーから声が漏れた。

何かを狙っている、ギャラリーだけでなく熊男と角刈りも表情が変わった。


熊男が中を捨てた時、神谷はそれをカンした。

ギャラリーがざわつき、捲られたドラはまた索子。穣介も唇を締めた。

神谷は最後の勝負で役満を狙っているのか、
卓を囲んでいる者だけでなく、見ている者にも緊張が走った。

狙っているのなら大三元だ。残りの牌の白はまだ誰も捨ててはおらず、穣介も白は持っていないし、熊男も角刈りも最初に字牌を捨てていき、捨て牌から見ても白を持っているとは思えない。

だとすると、神谷は白も持っている。

まだ牌の山が半分は残り、当然その中に白があるだろう。

1人が牌を捨てる度に、小さなざわめきが聞こえる。

その場にいた者は皆息を詰め、真剣な顔で勝負を見つめていた。

張り詰めた空気、熊男も角刈りも目の色が違う。穣介も息を止めねば、牌を捨てられない。その中で1人だけ冷静な男がいた。

「自摸《ツモ》」

低い声がハッキリとそう言い、神谷は手牌を返した。

「小三元だ……」

穣介の後ろで声がする。

「混一色も絡んでる」

「ドラも乗ってる……2枚だ」

役満でなかった事に意外と言う声が聞こえる。だが直ぐに、

「跳満、いや倍満だ……」

その声でギャラリーの声が騒がしくなった。

まだ牌は充分残っている。

穣介も大三元を狙うと見たが、神谷は役満を捨てた。

それでも手は高めだ。最後に一気に逆転し神谷は勝負に勝った。


「クソ……」

熊男は叫び、雀卓を両手で叩いた。勝った神谷は表情を変えない。

穣介は冷静な男の顔を見つめた。

ほんとうに劇画を見ている、
穣介だけでなく、周りにいた者も皆そう感じている。

店の中にまだ興奮が渦巻いていた。

熊男と角刈りの男が帰っても、店の中はざわめきが消えず、勝負を見た者達が何かを語り合っていた。穣介はともかく1杯飲みたかった。

隣のショットバーに入ると麻美に声を掛けた。

「ドライマティーニ」

穣介がカクテルを頼んだ事に、麻美はほんの少しだけ驚いた目をした。クールな表情の女は穣介の前で慣れた手つきでシェーカーを振った。

「ウイスキーグラスに注いでくれないか」

「カクテルですよ」

「カクテルだったか……、でもグラスでいい」

麻美は左の口角を少し上げ、ドライマティーニをグラスに注ぎ、穣介の前に置いた。

何故ドライマティーニを頼んだか穣介にもよく分からない
ただ酒を覚え始めた時、あれは小説の中の主人公だ。ドライマティーニを頼むシーンが頭にあり、真似をしてドライマティーニをよく頼んだ。

その時以来だ、マティーニを飲むのは。

だが何故頼んだ、いや理由などどうでもいい。

今は早く酒を飲みたいだけだ。

穣介が1杯目の酒を飲み終えた時、店に神谷が入って来た。

神谷は黙って穣介の横に来てウイスキーを頼む、穣介も2杯目はウイスキーにした。

「見事ですね、まさか最後にあんな手で勝つとは思わなかった」

黙ってウイスキーを口にした男はポケットから封筒を出し、それを穣介の前に置いた。

「これは返す」

「もしかして私の出した金ですか、ならいりませんよ、私も勝負に参加した」

神谷は穣介を見ずにまたウイスキーを口にした。

「俺は勝ってはいない、あれは手品だ」

低く淡々とした声で細身の男はその言葉を言い、

「結局、最後に逃げちまった……」

神谷は残りのウイスキーを一口で飲み干した。

「あんたとはゆっくり酒を飲みたかったが、これが最後だ」

店を出ようとした神谷に、穣介は何と言っていいか分からなかった。

「ここを出ていくんでしょ」

「ああ、もう出る。俺は夜しか動かないのでな」

神谷は初めて口元に笑みを浮かべた。

自虐的な笑み、
神谷は自分を笑っている。


左の頬が少し窪んだ男はブルームーンを出ていった。

穰介はウイスキーを飲み終え、またドライマティーニを頼んだ。

「ベルモットは入れずにジンだけにしてくれ」

麻美は左の口角を少し上げただけで、カクテルという名のジンを穰介の前に置いた。

今になって神谷に言いたい事が頭に浮かんだ。それを言う前に男は消えてしまった。

穰介は黙ってジンを飲み、バーを出て自分の部屋に戻っていった。


翌朝穰介はサンドバッグを叩き、昇って来る朝日を見つめた。

神谷が最後に勝負から逃げたのは金の為ではない、自分のプライドを守りたかったのだろう。

全国を渡り歩く風来坊、

神谷は、自分から逃げているだけかもしれん。

穰介は朝日を見て都会のビルに目を移した。

明け方近くまで麻雀を打ち、活動するのは夜だ。神谷は朝日を見ていない。

陽の光は誰でも平等に照らすと思ったが、照らされない者もいた。

ギュッと瞑った目を開け、またサンドバッグを叩いた。

腕が上がらなくなるまで、穰介は茶色い塊を叩き続けた。

見返り

1

駅前にある古びたビルの4階にその喫茶店はあった。

喫茶店の中は意外に広く、奥に個室のようなボックス席がある。

平日の2時、広い店内にサラリーマン風の男が1人でぼんやりとコーヒーを飲み、中年の女2人が絶え間なく喋り続けていた。女はいかにもおばちゃんという風貌で、時折ケラケラと笑い声が聞こえる。店内にいるのはその2組だけ、穣介はそれを確認してから、奥の仕切られたボックス席に座った。

埼玉の地方都市、この店も昔はもっと華やかで、ボックス席を商談に使う者もいたのだろう。今は壁紙も薄汚れ、椅子のバネも緩い。

穣介の座った席から駅がよく見える。電車が止まり、数人の乗客が駅に降りた。

4人が駅から出てロータリーの道をまっすぐに歩いていく。少し遅れて駅からまた1人出てきた。帽子を深めに被った男はロータリーを左に曲がり、一度後ろを確認してからビルの中に入った。穣介が誰もつけていない事を窓から確かめていると、帽子を被った男は喫茶店に入り、そのまま奥の席にやって来たのである。

「おかしな者はいませんよ」

離れた席から笑い声が聞こえ、男はチラリとおばちゃんを振り返った。深めに被った帽子が、広い店内を探るように揺れてから、男は穣介の前に座った。

「大丈夫でしょうか……」

帽子を取った男は、掛けていた黒縁の太い眼鏡を、銀の細いフレームの眼鏡に替えた。

「電車に乗った者を車で追う事は出来ません。ルートが違うし、どの駅で降りたかが分からない。この駅で降りた者は皆別の方向に歩いていきました」

喫茶店の窓から見ていれば、駅からつけて来た者は直ぐに分かる。穣介は前にもこの喫茶店を使った事がある。見晴らしがよく、駅に降りる者も少ない。

前に座った男はそれでも神経質そうな顔を、チラッと店の中に走らせた。銀のフレームを押さえた手にブランド物の時計が見えた。たぶんロレックス、それに眼鏡のフレームもチタンには見えない。

「洒落た眼鏡ですね」

「ええ、まあ……」

男は銀のフレームから手を放し、ポケットからハンカチを取り出した。ハンカチもブランド物だ、眼鏡のフレームは純銀製だろう。どこにでもあるジャンパーを着た男はブランド物のハンカチを握りながら、1段落とした声で話し始めた。

「つまり遺言書がない事が、ゴタゴタの原因ですね」

「そうなのです、何せ突然でしたから……」

銀の眼鏡の男は、話しながらハンカチで首を拭く仕草を見せた。

男は右の首を拭くと左の首を拭いた。汗が出ているわけではない、気持ちが落ち着かないのだろう。

「愛人と言うか、妾と言うか……、そういう者が何人かおりまして、法外な財産請求をするのです。それに遠縁の親戚という会った事もないような者まで大勢集まって来て、収拾が付かないのです」

銀の眼鏡の男はハンカチで口元を押さえた。

砂糖に群がる蟻と同じ、膨大な遺産に色々な者が集まって来る。男はまた右の首をハンカチで拭いた。

「故人は鷹揚というか大雑把な性格でしたので……」

正月に親戚が集まった席で、

「儂が死んだら財産の半分はジョンにやる。残りは適当に分けろ」

酔っぱらってそんな事を言う。

80近いが酒はかなり強かった。ハンカチを首の後ろに当て、銀眼鏡の男は目の前のコーヒーカップを見つめた。

　飼い犬のジョンに、財産の半分を譲るというのは本気とは思えないが、酔うと誰かれもなしに大きな事を言う。それが相続を更に複雑にしていた。

　ハンカチで首を拭くのを止め、銀の眼鏡の男は溜息をつくようにそう話した。

「無難にこの件を解決したいのですね」

「そうです、ゴタゴタが続くと世間体もありますし、最近マスコミも取材に来るようになった。何とかしたいのです」

　危険屋に頼むくらい、事態は差し迫っているのだろう。

　考え込むように目を瞑り、男はフ〜ッと息を吐いた。

「答えは簡単です。遺言書を作ればいいだけです」

「それは……、犯罪になりませんか……」

「嘘も方便という言葉をご存じですか、故人も一族が仲たがいをするのをいいとは思っていないはずです。無難に解決する事が故人の供養にもなります。誰が見てもまともだと思える遺言書があれば、それで済むでしょう。悪い事をするのではなく、揉め事を解決する為の手段です」

「しかし、大丈夫ですか、鑑定人とかいますよね」

「鑑定人にも分からない遺書を作ればいい、鑑定する為には元になる資料が必要ですが、それも事前に作っておけば１００％分かりません」

「ですが、いきなりなかった遺書が出てくれば顧問弁護士も驚きます。それに……」

遺産相続を申し立てている相手も、弁護士を立てている。

「かなり強引な弁護士で、うちの弁護士は温和な方で、少し押され気味なのです」

温和で歳も高齢、銀の眼鏡の男は別の弁護士も頼みたいと言った。

突然出てきた遺書で相手を押し切れるか心配なのだろう。銀の眼鏡の男はハンカチを握りしめたまま、手の甲で額を擦った。

「その件も手配しましょう。それと正田さん、私達が会うのはこれが最後、あとのやり取りはメールにします」

穣介の教えたメールアドレスは初田典江が幾つも持っているアドレスの一つ、穣介は念を押した。

「見たメールは必ず削除してください、これはお互いのルールです」

メールアドレスの交換が終わり、男は深めに帽子を被った。立ち上がった時に慌てて純銀製の眼鏡を太い黒縁に変え、正田は下を向きながら喫茶店を出た。

穣介は帽子の男が駅に行き、電車に乗るのを見届けてから席を立った。おばちゃん達は笑い声を上げ、まだ喋り続けていた。穣介はある意味感心した。ただ、ああなりたいとは思わない、たぶん音声装置の一部が緩んでいる。

そう思いながら、穣介は喫茶店を出ていった。

事務所に戻り、マスコミが取材をしているという言葉で、穣介は森林王と言われた正田宗蔵の情報収集を初田典江に頼んだ。週刊誌の裏情報に詳しい女は、直ぐに正田宗蔵と遺産相続のゴタゴタについて調べてきた。

「凄い土地持ちで病院と建築会社も持っています。それに地元のスーパーの大株主です」

バブル期に鉄道と高速道路の建設があり、その用地を国に売った。それだけでも膨大な資産になり、子供は4人、その他に愛人の子供が3人いる。

「子供の1人は家を飛び出していたのですけど、遺産相続で戻ってきました。昔ながらの家柄なので親戚も多いですよ」

金が取れるとなると、どこからともなく人が集まって来る。

正田の苦労が分かる。大きな総合病院の院長でも娘婿、巨額な遺産相続の矢面に立たされた男は、疲れた表情が背中からも出ていた。

典江は更に裏事情も集めてきていた。

「亡くなったのは愛人の家です。それも……」

いわゆる腹上死、女に挑んだ最中に倒れたと言う。

80近くで女に挑むとはある意味立派だが、血圧が高く、酒を飲んでいればやはり反動はくる。

その愛人にも財産の半分をやると公言したのだろう。

正田の話では、故人の肉声を盾に財産を要求してくる者もいると言った。

今はスマホで簡単に録音出来る。

酒を飲んでも言葉には気を付けねばならない、世知辛い世の中になった。

「兄弟仲も悪いですね、長女に婿を取って病院を継がせた事で軋轢が出来ています」

「そういう事も分かるの」

「そういう事を調べるのが週刊誌ですよ、ネタを集めますから長引けば面白おかしく書き立てます」

地元の名士だ、正田は早く相続の処理をしたいと思っている。

穣介は直ぐに動く事にした。


まず遺言書だ、偽物を作るプロがいる事を穣介は知っている。

一流の腕の者が必要、それをどうやって探す。

穣介は１００円ショップで買ったノートとボールペンを取り出した。

初田典江はメモをパソコンに打ち込むが、穣介は手書きだ。思いついた考えをノートに書き込んでいるうちに、穣介はある男の名を思い出し、ペンを止めた。

裏の業界では宗達《そうたつ》と呼ばれ、警察や検察関係者はその男の噂は知っていた。穣介も聞いた事がある。その男の作った偽物に有名な鑑定家も一度は騙されるという。宗達というのは、国宝を描いた俵屋宗達から取った名だというのも聞いた事があった。

偽の遺言書を作るには最適な男だが、どうやって接触する。会うのは難しいだろう。

穣介はコツンッと、ペンでおでこを叩いた。

難しい事をやるのが危険屋だ。依頼する者がいるのだから会う方法はある。依頼は当然、表ではなく裏ルートから、穣介はまたペンでおでこを叩いた。裏ルートに詳しい者を1人知っている。だが会いたくない男でもあり、こちらの要望を聞いてくれるとも思えなかった。それでも迷っている暇はない、宗達が駄目なら別の者に遺言書を作らせる。時間が勝負なのだ。穣介は会いたくない男、島田剛三に会う事にした。

車がいる、穣介は左のポケットから2つ折りの携帯電話を取り出し野崎に電話を掛けた。

車を届けた時、頼むから笑わないでくれ、
腕時計をチラリと見ながら、穣介はペンでおでこを叩いていた。

野崎はキーを渡す時、やはり笑った。作り笑いがこれだけ下手な奴はいない、本当に笑顔の似合わないデブだ。穣介は気が重い、もっと見たくない顔を見なければならないのである。

セダンのアクセルを踏み、青梅に近づくと、家より自然の景色が多くなり、垣根に囲まれた平屋建ての家の前で車は停まった。さほど大きくない庭に盆栽のような松の木が3本立っている。玄関に作務衣を着た30代程の男が出てきた。細身で目付きが鋭く、この男も笑顔は似合わないだろう。

島田剛三は縁側で盆栽の手入れをしていた。

大柄で肩幅が広い。

短く切った髪は殆どが白髪、70を超えている男は血色がよく、ギョロリとした力のある目をしている。むっつりした顔にはまだ迫力があった。

「いきなり尋ねて来て、そんな事を言われても困る。第一俺はもう堅気だ。おかしな話を振るな」

島田剛三は胡坐をかき、鮨屋で出てきそうな大きな湯呑に手を掛けた。

堅気だという男の右の目の下に傷がある。堅気が付けた傷ではない。

「お願いします。謝礼は致しますので、どうか宜しく」

穣介は正座のまま、また頭を下げた。

島田剛三は頭を下げた男から顔を松の木に移し、茶を啜りだした。

もう話を聞いてはいない、穣介は頭を下げながらストップウオッチが付いた腕時計をチラリと見た。この男に押しは無理だろう。かえって機嫌を損ねるだけだ。次はどうする。

穣介は次を考えながら頭を下げ、島田剛三は松の木を見ながら唇の端をスッと舌で拭った。


「その男を知っているのですか」

「ああ、一度だが依頼をした事がある」

島田剛三の態度が急に変わった。不思議に思ったが穣介はまた頭を下げた。

「頭を下げるな、紹介してやるが当然見返りはあるだろ」

「勿論です。謝礼は出させて頂きます」

「この歳で金はいらねえよ、それよりもだな……」

湯呑を置き、剛三の分厚い唇がニヤリと笑った。

「見返りは女だ、女を1人世話しろ」

「女を世話しろと言われても、どんな女です」

「1回だけでいいんだよ、素人の女を世話しろ」

この歳で女か、まさか女を要求されるとは思わなかった。

意外であったが、今は金さえ出せば素人でも呼べる時代だ、目途は立つ。

「女を、しかも1回だけ、それで宜しいんですか」

「女ってのはな、若返りの薬だ。この歳になると金よりありがたい。あまり若すぎても駄目だぞ、そうだな30の半ば辺りがいい」

剛三は太い指で顋を撫で、唇の端をまた舐めた。

男に必要なのは度胸と色気、裏社会で生きてきた男は70を過ぎてもそう思っていた。

色気とは生きる力、色気がなくなれば人は終わりだ。

まだ女を抱ける色気があるか確かめてみたい、そんな気持ちがフッと湧き、態度を変えた。

だが女には注文がある。


「分かりました、直ぐに手配します」

「言っておく、その女は一流でなければ駄目だ」

「一流というのは容姿ですか」

「容姿がよければ越した事はないが、見た目より中身だ。俺の目で見て一流の女。外見なんてえのは木で言えば枝葉と同じ、太い幹と強い根を持った女がいい」

抱くなら一流の女で、それも外見ではないと言う。

湯呑を持ち、剛三は縁側に座った。もう穣介を見てはいない、白髪の男は松の木を見ながら茶を啜っている。

簡単だと思ったがこれは難問だ。

だが急がねばならない、

穣介は正座のまま、剛三の背中に頭を下げた。

古びた倉庫はもう使われてはいない、錆びたスコップが壁に寄りかかり、その横にバケツが転がっていた。床に白い足跡が付く場所で、穣介はその男と会った。60前後かもしれない、中肉中背で髪が短く、いかにも職人という風貌をしている。寡黙な男は倉庫の柱に背をもたれ、穣介の話を薄暗い向かいの壁を見ながら黙って聞いていた。

額に皺がある。

その皺が少し動いた。

「今、古文書をやっている。それが終わったらだな」

男は穣介ではなく、薄暗い壁に向かい淡々と話した。

「その古文書というのは、期限はいつまででしょうか」

「別に、ただ冬までには仕上げる」

「でしたらこちらを先にお願いします。期限がもう迫っているのです」

男は穣介をチラリと見た。

「駄目だね」

その言葉を聞いても、穣介は男の前にツカツカと歩み寄り、

「お願い致します」

深々と頭を下げた。


男は何も言わない、ただ頭を下げた相手を、興味のなさそうな目で見ていた。

それでも穣介は頭を上げなかった。

「まあ、ちょっと肩が凝ってたんで、気晴らしにいいだろう」

ポツリと声が聞こえ、穣介は頭を上げた。

「助かります」

「古文書は肩が凝る。それに茶が飲みたい、宇治のいい奴だ」

「直ぐに持って参ります。茶菓子も用意致します」

「菓子はいい、昔は煙草を吸っていたが、匂いがつくので止《や》めた。今は美味い茶をゆ

っくり飲むのが道楽になった」

男はポケットに手を突っ込み、壁を見て話す。

宗達は小さな欠伸をし、穣介は唇を噛んだ。


一つクリアした、あとは弁護士だ。

穣介はその日のうちに東山慶子の事務所を訪ねた。チラリと壁の時計を見てから慶子は僅かに小首を傾げた。

「6時半過ぎにまた来てください」

一言、それも事務的な声で話し、傾けた顔を手元の書類に戻した。

東山慶子に頼むのは気が重い、それでも素早く動かねばならなかった。穣介はいったん戻り、正田とメールのやり取りをし、6時半過ぎに慶子の事務所を訪ねた。

根暗な助手もバイトの女の子もいない、
慶子は応接セットに穣介を座らせた。

「どんなご用です、穣介さん」

やはり穣介さんか、それに事務的な声ではなかった。

「ある件で弁護士を探しています。それで少しアドバイスを頂きたいのです」

「ある件では話は進みませんよ、隠さずにちゃんと話して」

「実は遺産相続で揉めておりまして、弁護士を1人頼まれたのです」

「遺産相続の相手の名前は」

少しだけ迷い、穣介は正直に話す事にした。


「正田さんと言えば山林王と言われた方ですよね」

「知ってますか」

「ええ、小耳に挟んでます。でもまさか穣介さんがそこに絡んでいるとは思わなかった」

慶子はコーヒーを淹れると言ったが、穣介はそれを断った。

「確か遺言書がなかったと聞いたけど、それで揉めているんでしょ」

「そうですね、財産を要求する者達も、それぞれ弁護士を立てている。それを仕切る為にある程度押しの強い弁護士を探してもらえないかと、先方から頼まれまして、そこで東山さんに相談に来たわけです」

慶子は分かったような顔をしたが、納得した目ではない。

穣介が間に入るのだから、当然裏があるはずだ。

それに慶子が「穣介さん」と言ったのに、穣介が他人行儀な喋り方をするのも気にくわなかった。

「今のは話の一部ですよね、包み隠さず話をしてもらわないと協力出来ませんから」

どうするか、迷うところだが慶子の顔を見て、穣介は島田剛三を思い出した。

女の件も、何とかしなくてはならないのだ。

歳は40でも現役で働いている女は若く見える。慶子は30半ばにしか見えないし、知的な美人、それにやり手の弁護士である。

島田の条件に合う女だ。

慶子が島田の相手をしてくれたら助かる。

フト、そんな事が頭に浮かび、直ぐに顔を振った。

いくらなんでもそれは無理だ。

「どうしたの穣介さん、様子がちょっとおかしいけど」

女はやはり鋭い。

駄目元でチラッと振ってみるか、慶子は無理でも顔が広いのだから、何か取っかかりが得られるかもしれない。

ともかく時間がないのである。

「実は別件なんですがね、70を過ぎた助平な男から、女を1人紹介してほしいと頼まれて困ってるんですよ。その男には少し義理があって断るわけにもいかず、おかしな事で苦労してます」

穣介は照れ笑いを浮かべて見せた。

勿論作り笑い、慶子が眉をひそめたら直ぐに話を引こうと思っていた。その話に慶子は顋に手を置いた。

「その人、堅気の人ではないですよね」

「さあ昔は知りませんが、今は盆栽をいじっている普通の親父です」

「躰はどうです、体格はいいのかしら」

何故そんな事を聞くのだろう。

「躰は大きいです。肩幅もありガッチリしてますね」

「怖そうな顔してる」

「それは、まあ……目がギョロリとしているので、温和な顔には見えませんが……」

慶子は少し考え、チラリと時計を見た。

「今の件は場所をあらためてお聞きします。３日後の午後7時で宜しいですか」

「3日後ですか……」

「ええ、場所は赤坂にあるスヌープというレストラン、そこでお会いしましょう」

どうするかと思うが自分から振った話だ。

穣介は受けるしかなかった。

2

赤坂のレストランはベランダが洒落たテラス席になっており、三つあるテーブルには赤いパラソルと上品な青いテーブルクロスが敷かれ、背もたれの高い椅子にも趣がある。平日のその日は穣介と慶子しかテラス席に座らなかった。秋も深まり外は肌寒い、それにこのテラス席は6階にある。穣介は居酒屋の方がありがたいと思うが、慶子はライトアップされた東京タワーに目元を緩めている。

「クリスマスツリーみたいよね」

鮮やかに赤く塗られた唇が、笑う様にその言葉を言った。

事務所ではつけないルージュだ。


クリスマスツリーから顔を戻すと、慶子は唇をキュッと引き締めた。

「一つ聞くけど、相続の件は遺言書がないのですよね」

「それが、遺言書が見つかったのです」

「ならその通りにすればいいでしょ、わざわざ弁護士を探す必要はないけど」

「前に話した通り、相手も弁護士を付けていますし、故人の肉声の録音も持ち出していますので、仕切れる方が必要なのです」

顔は納得していなくても、慶子はワインのグラスを手に持った。

「神田昌晃という弁護士がいるの、押しが強く強引な男……」

慶子はワインを一口飲んだ。

「もっとも取り柄はそれしかないけど、遺言書の真偽に拘わらず弁護をしてくれるはず。但し、少し割高よ」

穣介は口の中で、その弁護士の名を2度呟いた。

「私は関係ないですからね、勝手にそちらから連絡を取ってください。嫌いなの、あの男」

慶子はワイングラスを置き、ホ～ッと息を吐いた。

息が少し白く見える。年増の女はその息に目を細めた。

「それとね、助平親父の件だけど、1人心当たりがある。その助平な親父って彫り物とかしてる？」

「さあ、それは分かりません。ですが心当たりとは誰ですか」

慶子はそれを言う前に、一度赤い唇に手を当て笑って見せた。

「私の大学の同級生、たまに会って2人でお酒を飲むのよ」

慶子の同級生なら国立大出の才女だ、本当だろうか。

「彼女はね、30の時に国際協力の派遣員として、アフリカで井戸や伝染病の予防の指導をしていた。アフリカにいたのは3年くらいかな」

慶子はワイングラスに手を掛け、また赤い唇に笑みを見せた。

「ここだけの話よ、彼女、アフリカの先住民の人と草原の中でアレをやったのよ」

「先住民って、マサイ族ですか」

「マサイ族かは分からないけど、手に槍と盾を持っていた。アフリカの一部にはそんな先住民の人も残っているの」

慶子は過激な話を面白そうに話した。

アフリカの大草原で槍を手にした者とやってしまった。その刺激が強烈で、その女は度々草原でいたしたと言う。

「日本に帰って来た時に、彼女は日本人に合わせるように躰の色々な所を鍛えたのよ。でも日本の男がひ弱に見えて、鍛えたところを使わないうちにオバサンになったってボヤいてた」

色々な所を鍛えたか、

槍と盾を手にした者を相手にしてくれれば、日本の男は軟弱に見えるだろう。

今の日本の男が手にしているのは、槍ではなくスマホだ。仮想現実には強いが、現実にライオンと戦う事は出来ない。

「歳は私と同じ、独身で外務省に勤めている」

「つまり、その人なら大丈夫なんですか……」

「出来たら躰中に彫り物があって危険な相手がいいの、それなら彼女、話に乗るかもしれない」

40の女が酒を飲みながらそんな事を話していたとは、それも国立大出の弁護士と外務省の役人である。ちょっと信じられない話だが、女は魔物とも言う。

しかしこれは渡りに船だ。そうは思うが、その女の腹の底が見えないし、慶子がこの話をしたのも穣介には引っかかった。上手い話には必ず裏がある。目の前の女も腹の底を見せてはいない。それでも他に当てもなく時間もなかった。


チラリとクリスマスツリーを見た後、穣介は決断し、慶子に頭を下げた。

「話してもいいけど、当然見返りはあるわよね……」

赤い唇が笑い、テーブルの下から慶子の足が穣介の膝を小突いた。

見返りか、
嫌な言葉だが、迷っている暇はなかったのである。

駅の交番の横に立っていた女は、黒のジャケットに黒のパンツ姿、灰色のバッグを肩にかけ、
中肉中背でショートカット、浮世絵のような切れ長の一重の目をしている。

40でも30代半ば程にしか見えず、和風の顔立ちをした、中々の美人だ。ただ冷たい雰囲気がする。

「梨田陽子さんですか」

穣介が声を掛けると、女は無言で首を縦に振った。

普通の女ではない、躰から出ている気が違う。

こういう女も珍しい、穣介も異質な気を感じた。それも冷たいオーラというやつだ。

車で島田の家に向かう途中、陽子は無言で外の景色を見ていた。話しづらい雰囲気に穣介はあまり声を掛けなかった。

島田の家の前に着いた時、穣介は念を押した。

「ほんとうに、宜しいのですか」

陽子の視線は冷静な医者のように見える。

「ここまで来て、その言葉はおかしいですね」

落ち着いている。怪しい男に会いに行く女は、冷たい表情を崩さなかった。


島田剛三の家に梨田陽子を送り届け、穣介は車の中で時計を見た。

2時間は戻ってこないだろう。だがいいのだろうか。胸の奥がムズムズし、虫がはいずり回っているような嫌な心持ちがする。遺言書を作るのはトラブルを収める最善の策になる。だが女を世話するのは最善の策ではない。仕事の為とはいえ、やっている事はクズだ。穣介は座席の後ろを頭で2度叩いた。


この仕事は特別だ。サラリーマンの年間収入、それも一部上場企業のサラリーマンより上の報酬が手にはいる。穣介もこんな仕事は初めて、危険屋と言っても大きな仕事は滅多にこないのだから成功させたい。そうは言っても、金の為と思うと余計気が重くなる。

迷うのは止《や》めよう、決断した事だ。

穣介は車の背もたれを倒し目を閉じた。

時間が長い、

瞑った目の奥には見たくないものが見えてしまう。

元ヤクザで70を過ぎ、今でもまともとは思えない男、その男を承知したのは外務省のエリート職員である。何かがおかしい、その何かが穣介には分からなかった。

梨田陽子が戻って来たのは3時間後、予定より1時間長い。戻って来た女の表情は最初と変わらず、話しづらい雰囲気も同じであった。

帰りの車の中でも陽子は黙ったまま、駅まででいいと言われ、穣介は駅前のロータリーで陽子を車から降ろした。

「今日はどうもすみませんでした。これは些少ですが交通費としてお納めください」

差し出された白い封筒を見て、陽子の口元がフッと笑うように動いた。

「売春婦ではないのよ、來栖穣介さん……」

冷たい女の目が動き、穣介を頭の先から爪先まで、舐めるように見た。

「失礼します」

梨田陽子は軽く会釈をし、背筋を伸ばしたまま駅の改札口に消えた。

交通費と言った膨らんだ白い封筒で、穣介は自分の頬を叩いていた。

あの目は何だったのだろう、
チラリと思い、直ぐに島田剛三の家に穣介は戻ったのである。


島田は上機嫌で、左の耳に絆創膏を張っていた。

「おい、どこからあんな女を見つけてきた」

「宜しかったのですか」

「ああ、最初の印象とはまるで違う。俺の耳に噛みついてきた。喰いちぎられるかと思ったぞ」

そう言いながらも、島田は笑った。

この男がこんな風に笑うのを、穣介は初めて見た。

ともかく上手くいった。上手くいったが複雑な気分だ。それでも都心に着いた時には気持ちを切り替えていた。決断して進んだのなら前を見るだけ、穣介は雑居ビルに戻り、レンタカーを駐車場に入れた。

車から降りた穣介は、思わずエッと呟き、驚いて腕時計を見た。午後7時35分、明日の朝取りに来ると言った男が駐車場に立っている。野崎は連絡を受けた後、たまたまこの近くに来る用事が出来たといい、穣介の前で愛想笑いを浮かべた。

こいつはやはり日本一、いや世界一愛想笑いが似合わない男だ。

前を見ようと思ったが、見たくない者が前にいた。鍵を返し、穣介は苦笑いをしながらビルの中に入っていった。

「上手くいきそうです」

正田からそのメールを貰い、穣介もやっと人心地がつけた。

「典ちゃん、今日の昼飯は鮨でも取るか」

「ランチセットですね」

「ランチセットではなく、握りの一番いいやつだよ」

「ほんとですか、バッテラと太巻きも頼んでいいですか」

「そんなに食べるの」

「いえ、バッテラと太巻きは夕食分です。今メニューのチラシ持ってきま〜す」

典江は嬉しそうに肩を揺すり給湯室に歩いていく、穣介も足を組みソファーに深く座った。

大きな仕事の目途が付いたのだから、鮨だけではなくビールも飲むか、
両手をソファーの上に乗せ穣介がそんな事を思った時、事務所のドアからノックの音が聞こえた。

典江はインスタントコーヒーを出し、穣介の目の合図で給湯室に消えた。

給湯室のドアが閉まると、東山慶子の態度が変わった。年増の女はいつもより鮮やかな唇の色をしている。

「すみませんでした、おかしな事を頼んで」

「いいのよ、陽子もエキサイティングな体験が出来たと喜んでたから」

やはり背中に彫り物があった、それも龍の彫り物。

島田剛三に抱きつくと肩越しに龍の顔と目が合ったと言う。

「色々とポーズを変え龍の顔と目を見てたんですって、龍に見つめられながらのアレは、凄く興奮したそうよ」

興奮して島田の耳に噛みついたのか、どんな格好で見た？

能面のような顔からは想像が出来ないが、やはり、女は魔物だ。

「ところで見返りの件だけど……」

「東山さん、やはりそれは止《や》めましょう。前も最後だと言ったはずです」

慶子は左の頬を、プ～ッと膨らませた。

「約束は守ってもらうから」

仕方がない、穣介もこれが本当に最後だと念を押した。

「大丈夫です。私も大人ですから、これが本当に最後にします」

これが最後、
この言葉は前にも聞いた。

女の奥は男には分からないが、本当に最後であってほしい。

「2人とも昭和の生まれよね」

辛うじて昭和の最後、それがどんな意味がある。

「昭和の雰囲気がある。薄汚れた四畳半の部屋がいいと思わない、そこで獣のように絡み合う。考えただけでゾクゾクしてくるでしょ」

考えたくはないが、目の前の40女は考えていた。

東山慶子が事務所を出ると、初田典江がコーヒーカップを片付けに来た。

典江は顎を引きながら穣介を見ている。

「所長、東山さんと出来てません？」

「馬鹿な事言うなよ、仕事上の付き合いだけだ」

「そうですか、でも気を付けてくださいい、あのオバサンには」

「分かったから、早く片付けて」

穣介は何げなくポンッと典江の尻を叩いた。典江はサッと前に出ると厳しい顔で振り向いた。

「所長、今セクハラしましたね」

「いや、そんなつもりではない。謝るよ」

厳しい顔がニコリと笑った。

「安心してください、あの程度では訴えたりしませんから」

典江は笑いながら尻を突き出して見せた。

「ですから、安心して触ってください」

穣介をからかうように典江は尻を振った。

女はやはり扱いづらい、
穣介は東山慶子と梨田陽子の姿が目に浮かんだ。２人が何を話すか想像がつく。

陽子が槍を持った先住民との事を話したのなら、慶子も自分の経験を話したはずだ。龍の顔を見ながらエキサイトした経験を聞き、慶子も獣のように絡んだと話すだろう。

依頼は上手くいきそうでも、最後にまだ難関が残っていた。

胸の中が重い。

「所長、特上二つ頼みますよ」

初田典江は肩を揺すり楽しそうに話す。その言葉は穣介の耳を素通りし、頭からはもう鮨もビールも消えていた。

四畳半か……、

長い息を吐きながら、穣介は胸を押さえたのである。

荷物

1

「宮崎県の港まで運ぶだけですか」

「そうです、車は用意致しますので、ぜひ引き受けてください」

キッチリ背広を着こなし、ネクタイはたぶんエルメスだ。丸顔の男は低い声でその話をした。話を聞いた穣介は直ぐには首を縦に振らなかった。

「犯罪に関係ある物は引き受ける事は出来ません。それに車で運ぶだけなら私でなくても出来るはず、自分達でやればいい事だ」

「諸事情があり部外者がいいのです。それに決しておかしな物ではありません」

「では運ぶ荷はなんです」

「それは当日お話し致します。出来れば明日東京を出て、翌日の夕刻までには予定の場所に着いてほしいのです」

何を運ぶかも言わないのなら、引き受けるわけにはいかないが、丸顔の男の間に入ったのは時沢栄一、穣介が昔世話になった男で、しっかりとした堅い男でもある。

「明日荷を確認し、そこでお断りするかもしれません。それでも宜しいですか」

時沢の顔も立てねばならない、穣介はそう断りを入れ、話を引き受けた。


「所長、宮崎県まで15時間程ですが、場所はどこなんです」

「それがまだ分からん、どう行ってもいいようにルートを色々と調べておいてくれ」

「でも何を運ぶかも謎なんですよね」

「明日になれば分かる。夕方出て、翌日の午後4時までには着くだろう。実質一日かからない」

それでも1日100万、2日で200万払うと言った。

まともな物ではない事は確かだ。

「所長気を付けてください、絶対、犯罪組織が裏で絡んでますから」

絡んでますからと言いながら、典江は興味津々な目で穣介を見た。

絡んでますではなく、絡んでほしいのだろう。穣介としても運ぶ物が分からないのは、いい心持ちではなかった。

「おかしな物だったら、話を断り、帰って来る」

穣介はそう言い、地図を捲り、ルートを確認した。

「所長、絶対スマホにすべきです。地図なんかいりませんよ」

典江はバッグからスマホを一つ取り出した。

「私二つ持ってますから一つ貸します」

「貸してもらっても扱い方が分からんからいい、地図があれば充分だ」

「いまどきスマホを扱えないなんて、ある意味凄いです。でも車にナビ付いてますね、地図いりませんよ」

典江がそう言っても、穣介は地図を見返した。

明日になれば分かるか、
こんな商売をしていれば、こんな事もある。

穣介はその日早く寝て、翌日は昼寝もした。

約束の時間は午後6時、夜通し走りそうな気がしたのである。


5時半には穣介は港近くの倉庫に着いていた。

丸顔の男はもうその場所にいて、穣介に昨日の話の続きをしだした。

「報酬として先に100万をお渡しします。残りは明日予定の場所に着いた時お支払い致します」

丸顔の男は穣介に厚い封筒を差し出した。

中身を検《あらた》めると確かに100万ある。穣介はそれを持って来たバッグにしまわなかった。

「車はこちらです。運転出来ますね」

4トンロングのトラック、昔の普通免許なら運転出来るし、穣介はもっと大きなトラックも運転した事がある。バックカメラも付いており座席も高い、だがナビは付いてはいなかった。

「目的地はコノ場所です」

丸顔の男が赤い丸のついた地図を見せた。

穣介は自分の持って来た地図にも印をつけた、宮崎県と言っても端の方になる。

17時間か、もしくは18時間はかかりそうであった。

丸顔の男はスマホで話しながら、そのまま倉庫の入口に歩きだし、扉のボタンを押した。

ゆっくりと入口の扉が上がり、直ぐに黒いワゴン車が倉庫の中に入って来た。

ジャンパーを着た男が運転席から降り、助手席にいた男も降りた。

助手席の男はスーツを着てネクタイを締めている。

スーツの男がワゴン車の扉を開けた。

穣介は思わず目を疑った、ワゴン車から降りて来たのは女だ。

それも若い女、車から次々と降りてくる。

皆ズボンに色とりどりの上着を着ていた。雰囲気がどこか日本人と違う。

若いし、しかも美人揃い。

車から降りた女達はスーツの男と話している。やはり日本語ではなかった。

穣介はどこの国の人間であるかが何となく分かる。

だが何故この女達がここにいるのかは分からないし、その背後も謎だ。

分かっているのは表沙汰に出来ない事情がある事、それもまともではない、だから危険屋を頼んだ。


「荷というのはあの女達ですか」

「そうです、明日の夕刻までに約束の場所に運んでほしい」

運ぶのがこのトラックか、
新幹線でも飛行機でも、もっとましな車でも行けるはずだ。

「犯罪には絡んでいません。事情は聞かないでください」

「ですが、トラックですよ」

「一応、中は座れるようにはしております」

穣介はトラックの扉を開けた。荷台には絨毯が敷かれ、脇に座布団と毛布がある。

この中でも寝られるか。しかし荷物ではない、女だぞ、それも若い女だ。

ナンバープレイトは九州だ、わざわざ東京までこのトラックを運んできた事になる。

丸顔の男はまた封筒を差し出した。

「着くまでにかかる諸経費です。これでやり繰りしてください」

封筒に厚みがある。

穣介はざっと中を見たが、たぶん50万だろう。


どうする、断る事も出来る。

それを瞬時に決めなくてはならない。


穣介は女達を見た。彼女達は不安そうな目で薄暗い倉庫の中を見廻している。

その中の1人と目が合った。

美人、それも女優のような美人だ。

切れ長の目元が少し上がり、綺麗な猫のような目をしている。

「言葉はどうします。日本語は話せますか」

「あそこにいるアイリーンという娘は少し英語を話せます。彼女を通して話をしてください」

アイリーンというのか、
たぶん本名ではないはず。

人を吸い込むような目をした女だ。

その瞳がじっと穣介を見ていた。

決断しよう、
穣介は丸顔の男から諸経費と言われた封筒を受け取った。

「紹介しましょう」

丸顔の男は穣介を女達の前に連れて行き、その横でスーツの男が早口で女達に喋りだした。丸顔の男は日本人だ、スーツの男は日本人ではないだろう。ジャンパーの男は国籍は分からないが、ただの運転手ではない、目が鋭く長身で引き締まった躰をしている。

丸顔の男は役人かもしれないと思った。日本の役人が関与出来ない事情がある。

穣介の勘だ。引き受けた以上、裏事情はどうあれ、この荷を運ばねばならない。

スーツの男の説明が終わった。アイリーンと言われた女は穣介に軽く会釈をした。

他の女達も儀礼的に軽く頭を下げる。頭は下げても警戒する目で穣介を見ていた。

「1時間後に出発してください」

ジャンパーの男とスーツの男は黒いワゴン車で倉庫を出ていき丸顔の男が残った。

1時間後がどういう意味かは分からないが、穣介は頭を整理し、次にやる事を考えだした。

「この車の中で寝てもらっても、構わないのですか」

「構いません、彼女達にも一晩我慢してくれと念は押してあります」

どこかに泊まるより一気に行った方がいいだろう。

頭の中で九州までのプランを考え始めた穣介の耳に、音楽が聞こえた。小さい音ではない、手持ちぶさたの女の1人がスマホから音楽を流し、3人が音に合わせ、躰を揺すりだしている。

「音楽を止めなさい」

丸顔の男も英語で同じ事を言った。スマホを持っている女は薄ら笑いを返しただけで、音楽を止めようとはしなかった。肩まである髪を少し染め、目付きの鋭い女は躰を揺すり、鋭い目を更に細めた。

アイリーンと言われた女が、茶髪の女にきつい口調で何かを言った。茶髪の女は顔が狐に似ている。鳥居の前に座っている狐、そんな目だ。アイリーンに言われ、狐目の女は渋々スマホの音を切った。

「言葉は分かるか」

穣介が英語で尋ねるとアイリーンは少しだけと返答し、切れ長の目でしっかりと穣介を見た。

低いが綺麗な声だ。

倉庫の隅にあった古い折りたたみ椅子の上に穣介は地図を置き、アイリーンを通して女達に説明をした。倉庫に来た時、女達は不安な目をしていた。どうなるか分からないままトラックに押し込められたら、不安が更に募るだろう。

長距離を移動する為には、不安を取り除く必要がある。穣介は地図を指差しながら移動のプランを女達に話した。

何ヵ所かで止まり、そこで食事とトイレの休憩時間を入れると穣介は細かく話した。

アイリーンは低く綺麗な声で女達に説明した。

女達の反応は様々だ、話を聞きながらつまらなそうに横を向く女もいる。


話が終わり、女達にトラックの中を見せた。

「室内灯は付けておく、それに座布団とこれが毛布」

穣介は英語で言い、身振り手振りで説明した。四角い荷台の中を見て狐目の女は不満そうに首を振った。

「スマホは聴いていいのか」

アイリーンが皆を代表して、そう尋ねてきた。

「聴いてもいいが音を小さく、外に漏れなければ構わない」

修学旅行の引率者の気分がする。但し、相手は若い女で、しかも日本人ではなく、価値観も物の見方も違う。

丸顔の男がスマホで誰かと話をしていた。

「もう大丈夫です。出発してください」

穣介はチラリと腕時計を見た。

7時になる。

1時間は何を見ていた。

色々と想像が頭を巡る。それでもゴーサインが出た。

トラックの荷台の横に扉が一つある。

穣介はそこから女達をトラックに乗せ、運転席に乗り込んだ。

「お願いします」

丸顔の男はスマホを持ったまま穣介に軽く頭を下げた。


ゆっくりと倉庫の扉が開いていく。

外はもう暗い。

九州まで荷を届けるだけだ。

穣介はハンドルを握り、自分にそう言い聞かせた。

だが危険な旅だ。

拳銃を持ってくるべきだったか、
いや、それは逆に危険、持ってこないでよかった。
拳銃は持っていないが合金の警棒は腰にあり、爪先に鉛が入った靴を左に履いてきた。おかしな事は起こってほしくない、ただのドライブで終わってくれ。

エンジンを入れるとゴクリと喉が鳴った。
倉庫の扉の先は闇だ。
穣介は闇に向かいアクセルを踏み込んだ。

2

首都高から高速に乗り、暫く走るとトラックはサービスエリアに入った。

一番端に車を停め、そこで女達を降ろし説明をした。

「目立つ動きはしない事、食事をしてトイレを済ませてから出発する」

時刻は8時10分、9時に出発すると穣介は念を押した。

目立つ動きはしないと言ったが、皆スラリとした美人揃い、黙っていても目立ってしまう。

レストランがあるサービスエリアで、穣介は端の席を二つ取った。

日本のメニューは助かる、写真が付いているのだから説明しなくても各自が指を差してくれる。

女の1人がビールと言いだした。

高速のレストランに酒はない事を、アイリーンを通して伝えた。ショートカットの女は不満だという表情をハッキリと顔に出す。倉庫の説明でも気乗りしない顔で横を向いた女だ。一番大柄で躰は肉感的、服の上からも胸の盛り上がりが分かる。

焼肉定食が3人にハンバーグ定食が2人、アイリーンは穣介と同じ鯖の塩焼き定食を頼んだ。

「魚が好き」

切れ長の目が笑うように動いた。

ゾクリとする目だ、

美人揃いの中で、アイリーンは他の者と少し違った。

アイリーンには昔の映画女優が持っていた気品を感じる。

綺麗なだけではない。瞳が神秘的で、穣介は昔見たロシアの湖を思い出した。

アイリーンの瞳はその湖に似ている。

目立たぬようにと注意をしても、女達は食事の間甲高い声で話し、笑い声も大きい。

やはり日本人と感覚が違う。穣介は気が気ではなかった。

鯖の塩焼きも味が分からぬうちに食べ終え、女達を売店に連れて行った。

菓子でもなければ手持ちぶさただろう。

そう思って売店に連れて行ったが、ここでも甲高い声で話し、笑い声も大きかった。

30代程の男が女達にスマホを向けた。穣介はそのスマホの前に立った。

「すみません、あの娘達を撮るのは止《や》めてもらえますか」

「なんだよ、別に撮っちゃいない」

ムッとしたのか男の言葉に力が入る。穣介は頭を下げた。

「プライベートになりますので、撮影は止《や》めて頂けませんか」

「だから撮っちゃいないと言ったろう。変な言いがかりをつけるな」

「そうですか、ではスマホを向けないでください」

言葉は優しいが、穣介は男を睨んだ。

チェッと舌打ちをして、男はその場から離れていく、穣介は女達を直ぐに集めた。

今は簡単に写真や動画が撮れ、しかもネットに流す輩がいる。

今の奴はスマホを向けた時に動いたのでネットに流す事はしないだろう。

人前にこの女達を出すのは危険だ。誰が撮っているか分からない。


トイレを済ませ、女達がトラックに乗り込むと穣介はインターを出た。走りながらも常にバックモニターを確認し、後ろを注意する。暫く走り、穣介は高速道路を降りた。

1台後ろについて来た車が気になっていた。その車は高速を降りては来なかった。

尾行されていない事を確認し、穣介は高速の下の道を走った。

高速道路を降りた事もプランの一つ。暫く一般道を走り、また高速に乗る。その予定で長距離トラックが休みを取る駐車場に向かった。どうやって調べたのか分からないが、初田典江はその場所を調べた。高速道路のサービスエリアで休むより安全な場所になる。

高速道路を降り、尾行がない事を確認出来た。

穣介はその駐車場で2時間程休む事にし、その前に国道沿いにあるコンビニに入った。

女達はコンビニの中を珍しそうに眺め、気に入った物を穣介の籠に入れた。

お酒を飲んでも言いかと聞かれた。

どうするかと思うが、少しぐらいならいいだろう。

穣介がウイスキーを1本籠に入れると、大柄な女はワインも1本籠に追加した。

愛嬌のある顔で、穣介はこの女は犬のテリアに似ていると思う。

もう1本ぐらい、いいだろう。穣介が黙っていると女達は次々と籠に物を入れだした。

菓子やつまみ、缶コーヒーにミネラルウオーター、このくらいは別にいいが化粧品や下着まで籠に入れる。一杯になった籠を精算している時、穣介は狐目の女がス～ッとコンビニを出ようとしているのに気づいた。

「ストップ」

穣介は足早に近づき、女の手を押さえた。

狐目の女が早口でまくし立てても、穣介は女の上着を捲り、ベルトに挟まっているジンを引き抜いた。女は穣介に唾を浴びせ足を蹴った。

ここで騒ぎを起こすわけにはいかない、穣介はそのジンをレジに持っていき、ウイスキーを棚に返した。

何事もなく支払いを済ませ、領収書を受け取りコンビニを出ても、足が痛い。

狐目の女は遠慮なく穣介の脛を蹴り、顔に唾を吐きかけた。

唾は手で拭えるが足はまだズキズキする。狐目の女はコンビニを出ると甲高い声で騒ぎだした。

気を付けないと、あの女はやはり狐のようだ。

穣介は狐目の女をフォックス、大柄な女をテリアと呼ぶ事にした。

痛む足でアクセルを踏み込み、暫くするとトラックが何台も止まっているターミナルのような場所に車は着いた。脇に公衆トイレも付いている。

他から少し離れた隅にトラックを止め、女達の様子を見ると、もう酒盛りが始まっている。

アイリーンを通して、この場所で2時間休んで出発する事を伝えてから、穣介は女達をトイレに連れて行った。下手に外に出られてはまずい。

もう深夜、辺りに人影はないが、やはり周りが気になる。

「大きな声を出さないように」

英語でそう言い、唇に指を持っていくと、テリアがニヤニヤ笑いながら指で丸を作って見せる。半分ぐらいは意味が分かったろう。トラックのドアを閉め、穣介は運転席に戻り目を閉じた。

昼寝をしておいてよかった。

だが休んでおかないと、あとは走り続けなければならないのだ。

目を瞑っても眠れなかった。それでもウトウトしだした時に携帯のアラームが鳴った。

熟睡したわけではないが2時間休むとだいぶ違う。

冷めた缶コーヒーをグッと飲み干し、穣介は運転席を降りた。

肩を廻しながらトラックの荷台のドアを開け、女達を確認した。6人のはずが2人の姿が見えない。トイレかもしれない、足早にトイレに向かう途中で穣介は足を止めた。暗闇の中で2人の女が3人の男と話をしている。

男はトラックの運転手だ、穣介が女達に来るように促すと40代程の男が声を掛けた。

「あんたも外国の人かい」

「いえ、違います」

言葉が分からないのに何を話していた。

2人の女は笑っている。

その1人は狐目の女、フォックスだ。

女達をもう一度トイレに行かせてから穣介は毛布を指差した。

穣介が運転席に戻りエンジンを掛けようとした時、ガラス窓をバン、バンッと叩く者がいる。

どうしたと聞くと、アイリーンはすました顔で助手席に乗り込んできた。

「どうなっているか不安、連絡役に来た」

片言の英語でそう話した女は、左手のスマホを振って見せた。

スマホで荷台と連絡を取るのだろう。

確かに四角い箱の中で、どうなっているか分からなければ不安も募る。

「分かったが、これを被ってくれ」

穣介はバッグからベースボールキャップを取り出しアイリーンに渡した。

切れ長の目の女は、笑みを浮かべ、帽子を被って見せた。

いい女は帽子を被っても様になる。

横顔を見せていたアイリーンが首を振り、穣介とまた目が合った。

やはり深い湖のような目だ。

アイリーンも穣介の目を見ていた。

「ゴー、ネ」

湖のような目が笑い、トラックはまた闇の中を走りだした。

「酒を飲んだのか」

「1杯だけ……」

夜の闇の中で穣介とアイリーンは片言の英語で喋りだしていた。

時折アイリーンがここはどこだと聞き、後ろの荷台にそれを伝えた。

アイリーンの持つスマホから笑い声が聞こえる。

まだ騒いでいるのだろう、笑い声が歌声に変わるとアイリーンも低く綺麗な声で歌いだした。

歌詞は分からないが静かな歌だ。

穣介は暗闇を見つめながらその歌を聴いていた。

トラックステーションを出て直ぐに高速道路に乗り、あとはアクセルを踏み込むだけ。眠気覚ましを兼ね、穣介はアイリーンに話し掛けた。切れ長の目の女はポツリ、ポツリと答えてくれる。

プライベートの事は話したがらないのは分かる。

当たり障りのない話をしていると、次第に緊張がほぐれてきたのかアイリーンの声質が前よりも高くなった。

警戒心が取れてきたんだ。

穣介もアイリーンと話す事に少しずつ気を遣わなくなっていた。

アイリーンはまたスマホを耳に当てた。応答がない、もう寝たのだろう。

寝た方がいい、その言葉にベースボールキャップを被った女は右手の指で穣介の肩を突いた。

「もっと話していたい」

切れ長の目が笑う。

穣介もこの女と話がしたかった。

つまらないジョークにもアイリーンは笑って見せた。

アイリーンが突然前を指差した。

朝日だ、陽が昇りだした。

穣介の耳に聞いた事のある歌が聞こえた。

「それは日本の歌か……」

「おじいちゃんが歌っていた……」

アイリーンは片言の日本語で歌いだした。

兎追いしかのやま～、小鮒釣りしかのかわ～……。

童謡だ、

朝日を見つめながら、穣介は不思議な気持ちでアイリーンの歌を聴いた。

綺麗な声だ、

片言の日本語でも、心に染みる。

童謡も悪くないな、

朝日に向かい、穣介はアクセルを踏み込んだ。

3

サービスエリアにトイレ休憩で止まったのは、朝の7時。穣介は売店でサンドイッチとおにぎりを買い、ウーロン茶と日本茶もトラックに運んだ。

狐目のフォックと大柄なテリアが外に出たがっても、サービスエリアは我慢してもらうしかない。

アイリーンはやはり助手席にいた。

穣介はいつも通り野菜ジュースだけ、アイリーンはコロッケパンとお茶のペットボトルを選んだ。

走りながら穣介は野菜ジュースを飲み、隣でベースボールキャップを被った女がパンを食べている。女優のような顔立ちの女が、コロッケパンを食べるのを見ると、ちょっと妙な気分になる。アイリーンは美味いと言い、パンを食べると日本茶を口にした。

人は朝日を浴びると夜よりも活動的になる。

アイリーンは喋りながら手を動かすようになった。

やはり日本人とは違う、感情を押し殺した話し方ではない。たわいのない話に笑みを見せ、穣介の躰を肘で突いてきた。

危険な仕事と思ったが、穣介はアイリーンと話すのが楽しかった。

アイリーンはどうだろう。本心からか、あるいは、楽しそうに振る舞っているだけかもしれない。

どちらでもいいか、
久しぶりだ。美人という事を差し引いても、女と話すのが楽しい。


九州に入ると景色がガラリと変わる。

山の形が本州とは違う、九州は山の国だ。

サービスエリアで給油を済ませて高速道路を降りた。

あとは地図を頼りに走るだけ、隣でアイリーンが地図を見ながらアドバイスをしてくれる。

ナビが付いていなくて、よかったと思う。

日本語を読めなくても、アイリーンは標識の英語は読める。穣介が地名を言うと地図を見て標識に指を差してくれた。


少し休もうと思っていた時、右側に公園を見つけ、穣介はそこで女達をトラックから降ろした。

平日の午前、広い公園の中には犬を連れた男が歩いているだけで、他に人影はない、女達は躰を揺すりストレッチを始めた。

穣介は時計を見て時間を確認した。

高速道路を順調に走って来たので時間的には余裕はある。アイリーンを通して30分後に出発だと伝えると、大柄なテリアが真っ先に公園の中を歩き始めた。

穣介も少し休みたい。

公園のベンチに座り両手を掛け、晴れ上がった空を見上げた。

何事もなく着いてもらいたい。

穣介は空を見ながら右手で左の肩を揉んだ。その近くに6人の女が集まり、スマホから音楽を流した。女達は音楽に合わせて踊りだしたのである。ベリーダンスに似ているちょっとセクシーな踊りだ。6人の動きが合い、踊りの動きが速くなった。素人の動きではない、踊る事で先程までの疲れた顔に活気が戻っている。

アイリーンは踊りながら穣介にウインクをし、大柄なテリアは尻を振って見せ、狐目の女は穣介を見てベロを出した。

踊りを見ていた穣介はチラリと腕時計で時間を確認した。

もう少しか、

女達は時間を気にする様子もなく、スマホから別の音楽を流した。

スマホってのは、確かに便利だな、

そう思った穣介がフッと空を見た。

ある事に気づいたのだ。

「位置情報がオンになっていないか」

アイリーンはスマホを見て、よく分からないと言う。

穣介はなお分からない。

だがスマホから、位置を確認されてはまずい。


「位置情報の切り方ですか、子供でも分かりますよ」

「それを説明してほしい、但し英語で頼む」

初田典江は穣介の携帯から、アイリーンにスマホのやり方を説明した。

「所長、今の人誰です。若い女ですよね」

典江は興味本位で色々と尋ねてきた。穣介はそれを無視して携帯を切った。

アイリーンが他の者のスマホを確認してくれたが、狐目の女フォックスは自分のスマホを見せるのをかたくなに拒否した。

アイリーンが声を強くすると、狐目の女は負けずに声を荒らげた。

穣介は狐目の女を押さえ、構わずポケットに手を突っ込んだ。

女はまた穣介に唾を吐き、足で蹴った。

細身だと思ったが意外に力がある。

女は必死で抵抗した。

穣介は唾を浴びながらも、左の胸ポケットからスマホを取り出しアイリーンに渡した。

何故こんなに抵抗するのか穣介には分からない。狐目の女は声を荒らげ、穣介に何かを言っている。

罵っている言葉だ、
言葉は分からないが、そうだという事は分かる。

日本人を罵る言葉も狐目の女は叫んでいる気がした。

アイリーンがフォックにスマホを返すと、女は急におとなしくなった。

だが頬は高揚して赤い。

穣介が手を放した時だ、狐目の女は思い切り穣介の脛を蹴った。

足がまたズキズキと痛む、それでもアクセルを踏まなければならない。

「電話も、もう掛けないでほしい」

穣介は隣に座る帽子の女にそう伝えた。アイリーンは黙って前を見ている。

「彼女は何故あんなに抵抗した。意味がよく分からない」

スマホの位置情報を切るだけ、なのに女の表情は変わっていた。

「あの娘は日本人を信じてはいない……」

前を見ながらアイリーンはポツリと言った。

「アイリーン、あんたはどうだ。日本人を信じていないのか」

アイリーンは前を見つめ、黙ったままだ。

穣介は、もうそれ以上言葉を交わさなかった。


山道が多くなり、前をバイクの集団が通り過ぎていく。

穣介は山の頂上付近にある駐車場にトラックを止めた。ゴールまであと少し、ここが最後の休憩地点になる。5、6台駐車出来るスペースがあり、幸い他に車はなかった。

穣介は荷台から女達を降ろした。

眺めのいい場所だ、山の向こうに海も見え、女達もその景色に見入っている。

「30分後に出発する」

女達にそう伝え、穣介は運転席に戻った。

ゴールが見えた、
そう思ったからだろう、穣介はいつの間にか目を閉じていた。
ハッと我に返り時計を見ると30分近く寝ていた事になる。
穣介は直ぐに運転席を出て女達を集めた。

アイリーンがいない、
付近を探すが姿は見えなかった。
駐車場の隅に細い道がある。穣介はその道を小走りに歩いた。

細い道の先、崖の上に女が立っている。

「アイリーン……」

穣介が呼んでもアイリーンは振り向かず、じっと山の彼方を見ていた。

山の彼方に海が見える。

その海がキラキラと輝いていた。

「生まれ故郷に似ている」

アイリーンはポツリとそう呟いた。

穣介は何も言えず黙ってアイリーンの傍に寄り、手を取った。

「行こう、アイリーン……」

アイリーンは、黙って穣介を見た。

「貴方も、知っている人に似ている……」
穣介はやはり何も言えなかった。
ほんの僅かな間だ、
2人は黙って見つめ合った。

アイリーンを連れ、穣介がトラックに戻ると、今度は2人の姿が見えない。

辺りを見て直ぐに分かった。

駐車場に8台のバイクが止まり、その男達と2人の女は話をしていた。

大柄なテリアと狐目のフォックだ、男達に囲まれながら2人は何かを話している。

穣介は急いでその場に行き、2人を連れ戻そうとした。その時大柄な男が穣介の肩を掴んだ。

「オッサン、あんたこの女の知り合いか」

穣介はサッと男達を見た。

あまり柄がよくない連中だ。

真ん中にいる茶髪の男は鼻にピアスをはめている。

そのピアス男は穣介を見て、口元に薄ら笑いを浮かべた。

「オッサン、この女をどこから連れて来た。それにだ……」

ピアス男はトラックの近くにいる女にも目を走らせた。

若く美人揃い、男なら興味が湧くだろう。

ピアス男の言葉を無視して、穣介は2人の女を戻そうとした。大柄な男は、今度は狐目の女の肩を掴んだ。

「待ちなよ、ねえちゃん」

男が肩を掴んだ途端、今まで笑みを見せていた狐目の女の表情が変わった。

いきなり怒鳴りだし、男の顔に唾を吐いたのである。


「どうもすみません」

穣介は頭を下げながら、2人の女に戻れと目で合図をした。

バイクの男達は黙ってはいない、穣介を取り囲み、大柄な男が胸倉を掴んだ。

穣介はひたすら頭を下げた。しかしピアスの男は薄ら笑いを浮かべながら穣介を睨んでいる。

「土下座して謝りな」

穣介はチラリと後ろを見た。狐目の女は戦えと言わんばかりに、拳を突き上げている。

「土下座すれば許してもらえるのですか」

穣介が念を押すとピアスの男はまた笑った。

「許すかどうか分からんが、早くしろ」

　こんな所で騒ぎを起こしたくない、相手は質の悪い連中だ。

　騒ぎは起こしてはならないと思いながらも、穣介は隠し持っていた腰の警棒をスッと上げた。

　やり合う事はない、
　だが万が一の場合も、考えておかねばならないのだ。

　数的有利の相手は奇襲に弱い。

　あのピアスの男が頭だろう、大柄な男がナンバー2だ。

　合金の警棒で不意をついてピアスの男を叩き、大柄な男の首に警棒を叩き込めばいい。

　テレビの時代劇では下っ端から斬っていくが、実戦ではまず頭を叩く。

　その次にナンバー2を叩けば、あとはビビッて腰が引けてしまう。

　腰が引けた相手をもう1人潰せばそこで終わりだ、残った者は戦意を喪失する。

　そう思いながら、穣介は土下座し頭を下げた。

「意気地のねえ、オヤジだ」

大柄な男が穣介の頭を踏みつけるように小突き、ピアスの男は頭を上げた穣介に唾を吐いた。

バイクが去っていくのを見て、穣介は女達を荷台に戻した。

狐目の女は穣介に軽蔑の眼差しを向け、早口で何かを言っている。

たぶん、意気地なしと言っているのだろう。

穣介が運転席に座ると、アイリーンはまた助手席に座った。

切れ長の目の女は穣介を見てニコリと笑った。

「ゴー、ネ」

その言葉で、穣介はホ～ッと息を吐き、トラックのエンジンを入れた。

ゴールはもうじきだ、

穣介は明るい日差しに向かいアクセルを踏み込んだ。

4

1時間程走り、トラックはコンビニで止まった。

トイレと昼飯の調達の為である。

穣介はコンビニをあまりいいとは思っていないが、便利な事は確かだ。

24時間開いているし、トイレも利用出来る。

酒はないかと言われ、勿論それは拒否した。

それでも女達は色々な物に手を伸ばしていく。

並べられている雑誌を興味深げに眺め、化粧品やストッキング、ボールペンを取る者もいた。弁当や総菜の種類の多さも魅力なのだろう。女達はスイーツも端から籠に入れた。

買った弁当や総菜もその場で温めてくれる。

当たり前と言えばそれまでだが、彼女達は温められた弁当に驚きの声を上げた。

アイリーンは弁当ではなくコロッケパンを見つけ、それを籠に入れ、穣介を見てまたコロッケパンを籠に入れた。彼女はクリームパンも二つ、籠に入れたのである。


肘で穣介の肩をコツンッと突き、アイリーンはコロッケパンを差し出した。

車を走らせながら穣介はコロッケパンを頬張った。アイリーンは缶コーヒーの蓋を開け、穣介に渡してくれる。切れ長の目の女もコロッケパンを頬張っていた。

アイリーンは穣介を見て、右手の人差し指で穣介の口元を拭った。

パンが口元に付いていたのだろう。

アイリーンは笑いながら人差し指を舐めたのである。

コロッケパンがこんなに美味しいと思った事はなかった。

癖になるかもしれない、
コロッケパンを噛みしめ、コーヒーを口にする。それも美女と2人でだ。

穣介は快調にアクセルを踏んだ。

その車に気づいたのはコンビニを出て2時間程たった時になる。

走りながらもバックモニターで常に後ろを警戒していた。近づいてくる黒いセダンに穣介は目を凝らした。乗っている男はスーツ姿、助手席の男はサングラスを掛けている。

車には他にもスーツ姿の者が乗っている。

その車が加速してトラックの後ろについた。

「アイリーン、伏せろ」

穣介はアイリーンの帽子を取り、顔が見えぬよう深く被った。

アイリーンが座席に伏せると黒いセダンはトラックを追い抜いていく。

追い抜きざまサングラスの男がトラックを見ている。

追い抜いた後も、後部座席にいた者が振り返り、後ろを見ていた。

黒いセダンは加速し、そのままトラックから離れていった。

「もう大丈夫だ」

スピードを緩めた事もあり、セダンはもう街道のカーブを曲がっていた。

穣介は伏せたアイリーンが、自分の太股に頭を置いているのに初めて気づいた。

「気持ちいい」

アイリーンは笑いながら穣介の太股に頭を乗せている。

複雑な気分だ、躰を起こしたアイリーンから穣介は花の香りを感じた。

「アイリーン、何か付けてるか」

アイリーンは胸のポケットから口紅のような物を取り出し、その先を指で押さえた。

シュ～ッと音がし、花の香りがする。

小型の香水だ、
アイリーンは穣介の帽子を取り、そこに香水を振り掛けて、また穣介の頭に被せた。

花の名前はよく分からないが薔薇ではない、品のある甘い香りだ。

それ以上は理解不能、穣介は何故か椿の香りだと思ったのである。

「気取らない優美さ」が椿の花言葉と聞いた事があった。

それを聞いたのは、初田典江が占いのコラムを書く為、花言葉を調べている時になる。横から覗いた穣介に、典江は幾つか花言葉を説明した。説明されたが穣介は殆ど忘れた。

アイリーンの香水の匂いで椿を思い出した。

頭に浮かんだのはそれだけ、しかし気取らない優雅さはアイリーンに合っている。

甘い香りの帽子を被った男は、ハンドルを握る手が少し汗ばんでいた。


暫く行くと通りの角に黒いセダンが止まっている。

さっきのセダンではない、車種が違う。

穣介はまたアイリーンを伏せさせた。

横を通りながらも、帽子の奥の目から穣介はその車を見た。

2人乗っている。

1人はジャンパーだが黒眼鏡、もう1人は黒いスーツ姿だ。後ろの席にもう1人いたかもしれない。

このまま本線で目的地に行くのはまずい気がした。

穣介は携帯を取り出した。充電がそろそろ必要だ、充電器は持ってきていたが今はそれよりもやる事がある。

「今どこですか」

典江の言葉に穣介は標識を探した、しかし中々見当たらない。

アイリーンは穣介の動きで察したのか、道路の脇にある立て札を読んだ。

日本語と英語で書かれた標識、穣介がその名を伝えると典江は関係のない事を突っ込んできた。

「所長、女の声しましたよね、横にいるんでしょ。誰です」

「誰もいない、今の声はラジオだ。それよりルートを探してくれ」

典江はブツブツ言いながらも5分後に掛け直すと言い、電話を切った。

初田典江から電話が掛かってきたのは3分後、峠を越えるのが近道だと言う。

「でも山道ですよ、カーブが凄く多いです」

「それはどう行ったらいい」

「待ってください……、ええ……たぶん、あと5分ぐらい走ると左に曲がる細い道があります」

「目印は」

「ないですね、ただ十字路ではなく左に曲がる道だけ。大きな道ではないです、細い道です」

「その後どう行けばいい」

「あとは道に沿って峠を登り、下ればいいです。途中に右に曲がる道がありますが、そこは違います。道沿いに走ればたぶん峠を越えます」

「たぶんか……」

「そう言われても地図の道路、途中で切れてます。でもたぶん行けますよ、その先繋がってますから」

どうする、本線は危険な気がする。

どっちに行くのも危険か、だが俺は危険屋だ。

左に曲がる道を見つけたのは2分程走った後、だが舗装された普通の道だ。

「アイリーン、左に注意をしていてくれ」

その道を通り過ぎ、少し行った時に、アイリーンが先に見える木の陰を指差した。

スピードを落とすと木の陰に道らしきものが見える。

穣介はそこを曲がった。車が1台通れる程の細道だ、アイリーンが指を差さなければ通り過ぎていただろう。


確かに曲がりくねったカーブばかり、それでも峠を登っている。

かなり高い山だ、アイリーンはカーブを曲がる度に少しずつ声を上げ始めた。

ガードレールの下は絶壁、ガードレールがない場所もある。

向こうから車が来た。

こんな山道を登る奴がいるのか、すれ違うのが一苦労だ。相手の車が僅かに広がりのある場所に止まり、穣介はその横をギリギリで通過した。

サイドミラーをたたまなくてはぶつかってしまう。


暫く走ると道幅が少し広くなった、それでも車がすれ違うのはギリギリだろう。

アイリーンも怖いのか、右手がいつの間にか穣介の膝に触れている。

慎重にハンドルを切っていた穣介は、バックモニターを見て、えっ、と目がその画面に釘付けになった。黒いセダンが後ろに付いてくる。

見覚えがあるセダンがトラックに近づくと、運転席に乗っている者も見覚えがあった。

黒いスーツは直ぐに分かり、助手席の男はサングラスだ。


どうしてこの道が分かった。

考えられるのは、消去法でこのトラックを怪しいと睨んだからだ。

どうする、そう思った時、前方の右の道から別の黒いセダンが現れた。

「アイリーン、伏せていろ」

アイリーンは穣介の膝に伏せ、穣介はアイリーンの帽子を深く被った。

右に曲がるか、
だがどこに行くか分からない、曲がっても追い詰められるし、目的地から離れてしまう。
一瞬迷い、その一瞬でもう道を通り過ぎ、前と後ろを黒いセダンに挟まれてしまった。前のセダンは速度を緩め、後ろのセダンがトラックとの間を詰めている。

前方の車にいるのもスーツにサングラスの男だ、その男がトラックを振り返り、運転席に向かい何かを言っている。たぶんもっとスピードを緩めて近づけと言ったのだ。

車のスピードが更に緩まり、穣介もトラックのスピードを落とした。

前の車が止まれば、穣介も止まらざるを得ない、完全に網にかかった。

「アイリーン、荷台の者に身を伏せ、端に掴まっていろと伝えろ」
穣介は前を見た、
ギリギリだが抜けられるかもしれない。だが、かも、だ。
穣介は一気に加速し、前方の車の横に飛び込んだ。
ガガガガァガ、と強い振動が車体を通して躰に感じる。
セダンの横を擦り、山道の壁にも車が擦れた。
悲鳴のような音がトラックから響き、穣介は強引にセダンの前に出た。
一つの壁を抜けた。
穣介はアクセルを踏み込んだ。
その先には、直ぐにカーブが待っている。

再びトラックが悲鳴を上げ、アイリーンも何かを叫んでいる。ガードレールを捻じ曲げる音と振動が、穣介の躰を激しく揺すり、絹を裂くような声が聞こえた。それでもカーブを乗り越えた、しかし道がまた狭まっていた。道の向こうは絶壁だ、落ちれば即死だろう。

掴まるか死ぬかだ、
頭がマックスに興奮し、胸の携帯の呼び出し音も穣介には聞こえない。

峠を登りきり、あとは坂道だ。下りの方がスリルが増す。

1台通れるかどうかの細い道で、スピードを緩めずにカーブを曲がらなければならない。

4トンロングのトラックにはきつい。

前のカーブに大きな杉の木がある。穣介はそれを見て無意識に唇を舐めた。

イチかバチかだ、
アクセルを緩めると後ろに鈍い振動が響く。

追って来たセダンの先がトラックの後部に接触した。

穣介はそこからアクセルを踏みハンドルを切った。

左側面にドスッと鈍い音がし、トラックが揺れた。

それでも杉の木がトラックを弾き、カーブを曲がった。直ぐに別の音が後ろで響いた。


バックモニターを見たのは噛みしめていた唇を緩めた後、後ろにいるのは別の黒いセダンだ。最初のセダンは杉の木にぶつかり脱輪し止まっている。

曲がりくねった坂道を穣介は懸命に走った。

セダンはまだついてくる。

もう一度だ、
穣介はトラックのスピードを緩めた。後ろの車は慌ててブレーキを掛けたが間に合わない、後部にまた鈍い衝撃が走った。

再び加速した。相手もアクセルを踏み込み追ってくる。

その先に待っているのはカーブ、そして深い崖だ。

穣介が思い切りハンドルを切った時、トラックが浮かび上がり、スローモーションのように絶壁が目に飛び込んできた。

縁石にぶつかりトラックが浮いた。

ズンッとトラックが揺れたが下には落ちていない。

必死にアクセルを踏み込んだ。タイヤがギシギシと滑っている。

トラックの荷台の一角がガードレールの外に飛び出ていた。それでも次の踏み込みでトラックは動いた。

トラックが前に出る感触が躰で分かる。

穣介はそのまま夢中で峠を下った。

チラリとバックモニターを見るとセダンがいない。

穣介は峠を下り、本道に出て、そのまま走った。

バックモニターにセダンの姿が消えた。

それを確認し、車が殆ど走っていない広い道路の脇にトラックを止めた。

「アイリーン、もう大丈夫だ」

穣介の太股に伏せていたアイリーンが高揚した顔を上げた。

必死で穣介の太股にしがみついていたのだろう。

穣介のズボンがアイリーンの汗で滲んでいる。


穣介は外に出ようとしたがドアが開かない。

「こいつ……」

蹴飛ばしてドアを開け、穣介は外に飛び出し双眼鏡で峠を見た。

普通の店では売っていない、高倍率度の双眼鏡には峠の下り坂に2台のセダンが見えた。1台は杉の木にぶつかり脱輪している。

3人の男が車を押しているが、車体が傾き、動く気配はなかった。

その車から少し下の道でも、ガードレールにぶつかり車が止まっている。

その車にも3人程、男の姿が見えた。

車を戻そうとしている。その車のボンネットから煙が上がっていた。

エンジンをやられている。

あれでは車は動かないだろう。

双眼鏡を見ながら穣介はそう判断した。


ガンガン、ガンッとトラックの荷台から音がした。

トラックの両脇がデコボコにへこみ、左のサイドミラーがなく右のサイドミラーも折れ曲がっている。荷台の扉も簡単には開かなかった。

外に飛び出した女達の顔色も青く、大柄な女の唇は青というより紫に近い。

外に出ても躰の震えが止まらないのか、狐目の女は振り子のように躰を揺すった。

怪我をしている者はいない、
穣介はアイリーンを通して大丈夫だと伝えた。女達の顔は青いままだ。

それでもトラックに乗せ、穣介は再びアクセルを踏んだ。

5

30分程走り、穣介はコンビニの駐車場の隅にトラックを止めた。

念の為に道路を確認しても、追ってくる車の姿は見えなかった。

穣介は荷台の女達にトイレは大丈夫かと確認した。

先程より顔色は戻っている。女達は皆首を横に振り、立とうとはしなかった。

初めて見る地元のコンビニで、ペットボトルの紅茶を買い、ウイスキーの小瓶も一つ買い求めた。

「気付け薬に一口ずつ飲んだ方がいい」

女達はウイスキーを回し飲みし、最後にアイリーンがゴクリと飲んだ。

アイリーンは穣介にウイスキーの小瓶を差し出した。一口飲みたいが、唇を掌で拭いそれを断った。

峠を下った時は必死で、興奮している事が分からなかった。

今になり胸がドキドキしている。穣介はコンビニで買い物をした後に急に心臓の鼓動が聞こえた。

その時胸の携帯が鳴った。

「所長、生きていたんですね……」

「死んじゃあいないよ、快適なドライブだった」

「道繋がってました？」

「ああ、峠の上から車でバンジージャンプをした。最高の気分だ」

初田典江は矢継ぎ早に質問を始めた。穣介は携帯を切り、マナーモードに替えた。

ウイスキーの後、女達はペットボトルの紅茶を飲んだ。緊張が取れたのだろう、顔はもう青くはなかった。ギシギシいう荷台のドアを閉め、穣介は運転席に戻り、アイリーンも横に座った。

穣介はアイリーンに帽子を被せ、再びアクセルを踏み込んだ。

あと2時間も走れば着くはずだ。

穣介は時折後ろを見た。一度車を停め確認したが、つけてくる車は見えなかった。

アイリーンはまた歌いだした。
穣介の知らない異国の歌、アイリーンは前を見ながら静かに歌っている。
「なんだ……」
穣介の太股にアイリーンがまた頭をのせた。
「こうしていたい……」
美人が太股に頭をのせれば男は悪い気はしないのだが、穣介はおかしな気分であった。
アイリーンは横になりながらも時折歌を口ずさむ。
命がけのカーチェイスをし、その後に異国の美女の歌を聞いている。
九州の道路を走っているのに、穣介は別の世界にいるような気分がしてきた。
悪くはない、このままずっと車を走らせていたい、
穣介は太股にアイリーンを感じていたかった。
その太股を女の頬がス〜と撫でた。

太股に柔らかさが伝わり、それ以上のものを躰の芯に感じた。猫のように目を細めながらアイリーンは歌う。静かな声だ、その声にハンドルを握る手が火照るように熱くなる。柔らかさを感じる度に穣介の指に力が入った。

それでも前を見るしかない、唇をグッと噛みしめ、穣介はアクセルを踏み続けた。


夕暮れ近く、トラックは約束の港に着いた。

港と言っても桟橋が一つあるだけ。そこに大型ヨットが止まり、その前に車が1台止まっていた。トラックをその前に止めると、スーツを着た細身の男と丸顔の男が黒いクラウンから降りた。

ギシギシと音を立て荷台の扉が開き、ヨットからも2人の男が歩いてくる。

外に出た女達にヨットから来た2人の男が何かを説明し始め、話が終わると女達の表情が変わった。

「ホォ〜……」

狐目の女フォックスが飛び跳ねた。フォックスだけではない、女達は一斉に歓喜の声を上げ、飛び跳ねた。

少し前まで青かった頬が高揚して赤い。

女達は穣介の前に来て、手を握り頭を下げ、ヨットに向かった。

大柄なテリアは穣介に抱きつき、狐目の女は初めて笑みを見せ、穣介の頬にキスをした。


「これは残りの謝礼です」

丸顔の男が厚い封筒を穣介に差し出すと、穣介も経費と言われた金と領収書を相手に差し出した。

「それは結構です。取っておいてください」

殆ど使ってはいない。丸顔の男は差し出された経費を断り、また封筒を穣介に差し出した。

「これは帰りの交通費です」

交通費とは思えない、厚い封筒だ。謝礼よりも厚さがある。

「今度の事は絶対に他言しないようにお願いします」

交通費ではない、口止め料だ。

受け取らなければ相手も納得しまい、穣介は黙って受け取った。


「このトラックはどうします」

「ここから５ｋｍ先に地方都市があります。その駅前のロータリーに乗り捨てておいてください」

丸顔の男はガタガタになったトラックをチラリと見たが表情を変えなかった。

女が無事に着けば、トラックなどどうでもいいのだろう。


穣介はアイリーンが自分の近くに来た事に気が付いた。

アイリーンは他の女と違う。

ただ深い湖のような目で、穣介を見つめた。

穣介は何も言う事が出来なかった。

僅かな間だが、お互いがじっと相手の目を見つめていた。

それだけでも、多くの言葉より穣介の心に強い何かが突き刺さり、胸の奥が熱い。

アイリーンは黙って穣介に帽子を渡し、ゆっくりとヨットに向かい歩き始めた。

何かを言いたい、だが言葉が出ない。


栈橋の途中でアイリーンが足を止め振り返った。

その後アイリーンの口が動いた。声が聞こえない。

「アリガ……ト……ウ……」

その唇が、

「ジョウスケ……」

そう動いていた。


2人は見つめ合い、穣介が何かを言おうとした時、アイリーンは再びヨットに向かい歩きだした。

夕陽がゆっくりと沈み、ヨットは栈橋を離れていった。

穣介がヨットを見ている間に、もう黒いセダンも栈橋から消えていた。

ボロボロになったトラックで穣介は桟橋を出たが、道路沿いに海が見える空き地を見つけ、そこで車を降り、海に近づき地平線に消えていくヨットを見つめた。

穣介は夕陽がこんなに大きく真っ赤に見えた事はなかった。

その夕陽の中にヨットの姿は消えていった。

あのヨットでは海は渡れない、たぶん沖に出たら別の船に乗り換えるはずだ。

彼女達がどこに向かうかは分からない、だがもう故郷に戻る事はないだろう。

穣介はトラックに戻り、アイリーンが残した帽子を手に取った。

椿の匂いがする。

アイリーンの躰の重さを太股に感じた。

コロッケパンを美味そうに食べ、綺麗な声で歌った事も穣介の心には残っていた。

穣介は目を閉じ、両手で握った帽子を顔に近づけた。

涙が出そうだ、
それでも穣介はギュッと唇を噛みしめた。

辛いが思い切らねばならない、
穣介は帽子を持ち、海に向かった。

地平線に落ちる赤い夕陽に向かい、穣介は帽子を投げた。
帽子は円を描き夕陽の中にゆっくりと消えていく。
その時、穣介の耳にアイリーンの歌声が聞こえた。

兎追いしかのやま〜、小鮒釣りしかのかわ〜、

あの童謡だ、
自由を手にしたが、失った物もある。

夢は今もめ〜ぐ〜り〜て、
忘れが〜たき……故郷〜………、

真っ赤に輝く綺麗な海、

その海に哀愁をおびた歌声が静かに響いている。

穣介は地平線に沈む夕陽を、ただ、じっと見つめていた。

ステーキ

何を食べるか、

昼飯は穣介の楽しみの一つだ。ゆっくり食べたいので混んだ時間は避け、昼飯はいつも1時近くだが、今日はそろそろ2時になる。

午前中の用事が長引き、朝から動き廻った。朝飯が野菜ジュースだけなら腹も減る。

今日は肉にしよう。それもガッツリいくか、

どこぞのテレビ番組のように、穣介は店を探しに歩きだした。

牛丼屋を見つけ、穣介は日に焼けた男が、牛丼をかきこんでいるのを目にした。いかにも肉体労働者という風貌の男は、頭に手拭いを巻いたまま、実に美味そうに牛丼を食べる。

昼飯としては遅い、たぶん訳があり仕事が長引いたのだろう。

腹が減っているのが分かる。持ち上げた丼が斜めに傾き、男は口に流し込むようにガツガツと牛丼を食べている。そのガツガツに思わず引き込まれそうになった。

いや、今日はチェーン店の牛丼は止《や》めよう。

後ろ髪を引かれながら穣介は牛丼屋を通り過ぎた。


吉富というとんかつ屋の前で穣介は足を止めた。

ボリュームがあって美味しいです。

初田典江が一押しと言ったとんかつ屋だ。

穣介は一度、向かいにある焼き肉屋を見た。

どちらにするか、
5秒程迷った後、穣介はとんかつ屋の暖簾をくぐった。

2時に近いが店は六分《ろくぶ》の入り、端の席に座ると恰幅のいい中年女が注文を取りに来た。吉富は帽子からエプロンまで緑色に統一され、中年女も緑であった。

「2時までランチがあります」

メニューを捲った途端、そこにある写真の迫力にランチという言葉が頭から飛んだ。

特大とんかつ定食とある。確かに特大、写真を見ただけで思わず口元がキュッと引き締まる。

「これは凄い、こんな大きなカツを揚げる事が出来るのですか」

「店の特別メニューです。お値段はお高いですが、当店の普通のとんかつの倍はありますし、特大のエビフライも付きますから、量を召し上がる方には割安ですよ」

普通のとんかつの倍、キャベツとご飯はお代わり自由である。

今度は10秒考え、特別メニューと言われた、特大とんかつ定食を頼んだ。

倍と言ったが、この店のとんかつは普通の店の1・5倍はある。

その倍だ、穣介も目の前に置かれたとんかつを見て、ちょっと勇み足だったと、左の頬をピシャリと叩いた。とんかつの大きさに驚くより笑ってしまう。

大きいが食べやすい、肉に厚みがあるのに脂のしつこさを感じなかった。

それでもこの量はハードだ。

肉だけでも胃袋には充分。そう思うが濃厚なソースを付けたとんかつには白い飯が欠かせない。とんかつを口に入れると、どうしても飯が食べたくなる。

1杯でいいと思っていたのに、結局2杯食べた。

飯も普通の店なら大盛り、とんかつだけでなく飯もハードであった。


食べ終えた後に、ご飯を小盛りで頼める事を知った。もっとも小盛りなら3杯頼んでいたろう。それだけとんかつにボリュームがあり、ハードではあったが美味かった。

美味かったが胃袋は限界、腹を押さえながら穣介はとんかつ屋を出た。


「吉富で食べたんですか、ア〜、私も行きたかった」

典江はスーパーの弁当だったと言い、頬をプ〜ッと膨らませながら穣介を恨めしげに見た。

「特大とんかつ定食は、私も一度は食べたいと思っていたのに……」

「止《や》めた方がいい、量が半端じゃないぞ」
「知ってます、だけどあそこのとんかつ美味しいですよ、普通のとんかつ定食でもご飯3杯は食べられます。特大なら5杯食べられますね」
あの特大とんかつで丼飯5杯、
人間じゃあない。

「所長、いいな。今度連れて行ってください」

「今度ね、だけど典ちゃん、とんかつでいいのか」

「そうですね、私、肉大好きなのでA5ランクのステーキも思い切り食べてみたいです。1ポンド、いえ2ポンドは食べる自信があります」

2ポンドと言えば1kg近い、そんなに食えるかな。

いや、典江なら食べる。

好きな物は別腹と言い、ショートケーキを30個食べた事があると言った。

だがA5ランクの肉だと胃袋は許しても、財布は許さない。

「所長、梵天という店知ってます？」

「梵天、知らんよ」

「日本で一番高級な肉、と言うより一番高い肉を食べさせる店です。私ここで一度でいいから食べてみたい」

「ちなみにその店は幾らぐらい掛かるんだ」

「１００gで２万円ですね、国産の最高クラスですから。でもワインの方が高いです。高級ワインを揃えてあるので、グラスでも高いです。この店にはグラス１杯10万円のワインがあるんです」

「嘘だろ、グラスで10万など聞いた事がない」

「勿論最高値で、ですよ、普通は１万ぐらいかな。でも本当の金持ちになるとグラス１杯10万でも飲みます。そのくらいにならないと世界レベルの金持ちとは言えません」

10杯飲めば１００万か、
ホントかなと思うが、一日１００万使っても年に３億６千５百万、世界レベルの金持ちなら年に１００億円以上は稼ぐだろうから、持ってる奴なら払うかもしれん。

だが世界レベルの金持ちなんて日本に何人いるんだ。

「ワインはいいです。でも最高級の和牛の肉を思い切り食べてみたいです」

初田典江はその言葉に、1人でウンウンッと頷いた。

「私、死ぬまでにやってみたいトップ10のリストを作ったんですけど、その中の一つが最高級の肉を倒れるまで食べる事なんです。所長お願いしますよ、それが出来れば人生の10分の1の目標が達成出来るんですから」

人生の10分の1が肉か、
たぶんもう一つは甘い物だ、最高級のケーキか菓子を腹一杯食べてみたいという事だと思う。しかしそういうリストを持っている事だけでも立派、もっとも穣介はそんなリストを作る気持ちは全くない。


腹が一杯の穣介がソファーで横になっていた時、事務所に久しぶりに電話が掛かってきた。

3時半頃だ。電話を掛けてきたのは今井という小柄で目の小さな男、穣介は5時過ぎに新橋の喫茶店でこの男に会った。

「本田さんが会ってくれます。來栖さんにもご同伴お願いしたいのです」

本田清八郎、高田電業の大株主で今度行われる外資系企業との合弁に反対している男だ。穣介はこの男の説得の依頼を受け、色々と動いていた。

今まで頑固に拒んでいた男が会うというなら、穣介も立ち会わなくてはならなかった。

穣介が今井と共に本田清八郎の家を訪れたのは、それから1時間後になる。

大きな門を入っても玄関まではかなりの距離があり、庭も絵葉書になりそうな立派な日本庭園で、池の端に小さな赤い鳥居と社もあった。

2階建ての家の隣に3階建てのビルのような建物があり、穣介は待合室にいる間に3階建てのビルの様子も覗き見て来た。

道場があった。その道場で何人もの若い男達が躰を動かしている。

暫くすると若い女が今井と穣介を2階に案内した。

案内した女は着物姿で姿勢がいい。ここは着物か、庭に鳥居があったが中も和風だ。

それに高そうな着物を着ている。

本田清八郎は背丈は並みだが、小太りで髪は白髪、頭頂部にもう毛はなく、目がクリッとして年より若く見える。穣介はとっちゃん坊やという言葉を思い出した。

清八郎も着物、この男は袴姿が似合う。

70を過ぎている男は興味深げに穣介達を見た。好奇心を隠さない目だ、子供が玩具を見た時にはこんな目をするかもしれない、穣介はフッとそう思った。

「合併の件はどうなのでしょう……」

今井は本田清八郎の目線より下を見た。小柄な男は言葉に力がなく、虎に睨まれた兎のように腰が引けている。

「なんで外国の力を借りる。そこが気にくわん」

70を過ぎても、清八郎の声は力があり、響く。

クリッとした目が少し細まると、今井は視線を更に下げてしまった。

「今日私達を呼んだ意味は何ですか、反対であるなら呼ぶ必要はなかったと思いますが」

穣介は落ち着いて話した。

呼んだのは結論が出たから、穣介はそう思っている。

「おい、お茶だ」

声が大きく、やはり響く。着物姿の女は直ぐに別の湯呑を持ってきた。

清八郎はゴクリと茶を飲み、またクリッとした目を細めた。

「外国の力を借りるのは気にくわんが、お前の所は1人では立っていられんのだろう」

今井はペコリと頭を下げ、小さな声で話しだした。

「国際化の時代ですので、多方面から力を借りる事が会社を更に大きくさせる道でございます。合併により株価は安定致しますので、株主様の為にも最善の方法だと思っております」

清八郎は今井の話を聞いてはいない、つまらなそうな顔でまた茶を飲んだ。

「一つ注文がある。社長は必ず日本人にしろ」

「それは勿論、今の社長のままでございます」

「あの山羊か、あいつは変えた方がいいぞ」

「山羊でございますか……」

そう言われれば似ているかもしれない、今井は声を低めてそれ以上は何も言えなかった。

穣介は立ち上がり深々と頭を下げた。

「合併の件、承知して頂き、ありがとうございました」

今井も慌てて立ち、頭を下げ、同じ事を言う。小柄な男は顔を上げても清八郎を避けるように小さな目を逸らした。穣介は口を尖らせている男を正面から見ていた。

2人が椅子に座り直すと、尖らせた口元が少し緩んだ。清八郎は目線を下げた男をもう見てはいない。

「ところで、お前さん、え〜……っと名は何と言った」

「來栖穣介です」

「そうだ、來栖だ。ただの司法書士ではあるまい」

「そう言われましても、それ以上の者ではありません」

「馬鹿言うな、司法書士がこんな事に顔を突っ込まん。少し調べたよ、來栖さん、あんたは裏の仕事もしてるんだってな」

清八郎の口調が砕けてきた。

穣介も清八郎を調べた。生まれは千住だが祭りやイベントが好きで、自分の事を江戸っ子と思っている。

「裏の仕事ってのは何をやる。ヤクザとも付き合いがあるのか」

「何か勘違いをされております。私は法律に反した事は一切しませんし、ヤクザとの付き合いもありません」

元ヤクザとの付き合いはある、だが元だ。

「ほお～、そうかね、ヤクザとの付き合いがなくても、喧嘩とかやるんじゃないか」

清八郎は和服の女に囁き、直ぐに大柄な男が部屋に入って来た。

髪を短く切り、精悍な顔の男は、清八郎に会釈し、その近くに直立不動で立った。

「合併を認めたが、どうも喉に小骨が刺さっている気分がする。こちらの言う事が出来たら素直に認めよう」

今井が慌てて目線を上げた。

「それは……どういう意味でございます」

「こっちもそちらの言い分を呑むんだ、そちらもこっちの言い分を呑む、それでスッキリ出来るというわけだよ」

「それはどのような事をすれば宜しいのでしょうか……」

小柄な男の声がまた小さくなった。

「この世を制するのはパワー、歴史は勝者が作るという言葉を知っているだろう。強いパワーがあるか見てみたい。それがなければ、外国の力に呑み込まれてしまうぞ」

清八郎はニヤリと笑う。穣介は子供のような笑いだと思った。

やはりこの男には子供っぽいところがある。

渋々承諾したが腹の中にはまだ不満が残っている。それを何かで解消したいのだろう。

大きな駄々っ子を相手にするようなものだ。

慎重に対処しなければならない、
表情は変えずに、穣介は自分にそう言い聞かせていた。

「この権藤は格闘技の達人で、その辺のプロより強いぞ。この権藤と戦って勝てれば、さっきの話をすんなり認める」

「それは……その……無理な話です……」

今井の顔が青い、話がおかしな方向に曲がりだした。

「戦いとは、どういう事でしょうか」

穣介はあくまで表情を変えなかった。この場合、落ち着いた態度を崩さない事が最善の策になる。

「つまり喧嘩だよ、この権藤と喧嘩するぐらいの度胸がなければ、いくら屁理屈を言っても信用出来ん」

「格闘技を喧嘩の為に習わせているのですか」

「さっきも言ったろう。勝った奴が歴史を作ると、まず勝つ事、次に思想とか哲学なんてものが付いてくる。思想より勝つ事の方が重要だ。世の中の本音はそうだろう」

「ですが肉体的に強くても、喧嘩に強いわけではありませんよ」

ホ〜、と清八郎は口を動かし、穣介を見て目を細めた。

「この世で一番強い肉体を持っている者でも、拳銃を持った女の子には敵いません。

殴り合いは子供の遊び、実際の喧嘩はもっとシビアです」

清八郎はまたホ～と口を動かし、今度は目を見開いて穣介を見た。

「上手く喧嘩を避ける術を持っている者、それが本当に強い者だと私は思っています」

清八郎は顎を擦り、その後大声で笑いだした。

「面白い事を言う。その面構えと目が気に入った」


清八郎はまた着物の女を呼んだ。

「戦うのはいい、だが力強いところがあるかは見せてもらう」

今井がまた小さな声で尋ねても、清八郎は今井を見ずに響く声を高めた。

「生き物は食べる為に戦う。食べ物が躰とパワーを作る。儂は飯を食えん奴は信用せん」

その言葉の後に茶を啜り、清八郎は表情を緩めた。

感情が顔に出る、
穣介が唇を締めると、清八郎は立ち上がった。

「丁度いい肉が手に入った。ステーキをご馳走する」

また話が変わった。
それでも、穣介と今井は清八郎に付いていくしかなかった。

「どういう事なんでしょう……」
小柄な男は呟くような声を出し、廊下を歩きながら穣介を心配顔で見た。
「あの人の事は調べました。祭り好きで色々なイベントにも寄付をしている。催し物好きなので、これもその一つなのでしょう」

たぶんそうだ、
清八郎は事業にはシビアだが逆の面もある。
70過ぎても子供っぽいところがあるのは、頭が硬直化せず柔らかい部分があるから、柔軟性があったからこそ事業で成功した。

長いテーブルに腰掛けた穣介と今井の前に、湯気が出ている大きな肉の塊が運ばれてきた。

「最高級の松坂牛のステーキ、遠慮なく食べろ」

５００ｇはある肉の塊、付け合わせのサラダも同じぐらいの量がある。

穣介は肉の塊を見て、唇を噛みしめてしまった。

あんなとんかつを食べるんじゃなかった。

まだ胃の中にとんかつが残っている。

それでこのステーキを食べねばならない、穣介でなくても唇を噛みしめるだろう。

「ステーキだとワインだな」

呼ばれた和服の女は、清八郎の言葉に少し驚き、聞き返した。

「あの居間のワインですか……」

「そうだ、飾り物ではないんだ。持って来なさい」

「しかし、宜しいのですか……」

「貰ったものだ、いつまで居間にあっても、しょうがあるまい」

高級なワイングラスが用意された。和服の女は黒いボトルのワインをテーブルに置き、専用のコルクスクリューでワインのコルクを引き抜いた。

和服の女はゆっくりとグラスにワインを注いだ。ワインに詳しくない穣介でも品のある香りがハッキリと分かる。コクがあり、芳醇な味という褒め言葉がある。このワインがそうだ。

「酸っぱいな……」

清八郎はワイングラスを振り、唇を少し尖らせた。

金持ちだがワインは苦手と見える。

穣介もワインは苦手だ、
それでもこのワインは気品があり、美味い味だと思った。

高級品はワインだけではない。

「これは、美味しい……」

肉を口に入れると今井は唸るように声を出した。

世辞ではない、
溶けるように柔らかく、肉汁の旨味が口の中に広がっていく。

穣介もこんな肉は初めて、流石に最高級の肉だけの事はある。
ソースはいらない、
黒コショウと塩だけで充分、これなら５００gでも食べる事が出来る。

「本当に美味しいです」

穣介と今井は背筋を伸ばし、美味そうな顔で食べねばならないが、無理に顔を作る必要はなかった。本当に美味しいのだ。

「ワインはいい、やはり日本酒を持って来てくれ」

清八郎は早々とワインを諦め、透明の盃で日本酒を飲み始めた。

目の前のステーキにはあまり手を付けず、日本酒を飲みながら穣介達を見ている。

今井は半分までは快調にステーキを口にしたが、残り３分の１で手の動きが遅くなってしまう。サラダだけでもかなりの量がある。

今井はそっとズボンのベルトを緩めた。それは限界が近づいたシグナルでもあった。

穣介も腹がきつい、それでもステーキとサラダを食べきった。

小柄な男もナイフを動かしフォークで肉を口に運んだ。

会社の命運が懸かっている。食べないわけには、いかないのである。

今井もステーキとサラダを食べた。

「大変美味しかったです」

穣介と今井は頭を下げ、それを見て清八郎は手を叩いた。

「美味い肉だろう。もっと食べろ」

テーブルにまた肉の塊が運ばれてきた。

ステーキの横に置かれたのはスパゲッティのサラダだ。スパゲッティだけでも2人前はある。

「充分頂きました。もう結構でございます」

今井は清八郎の目を見て、その言葉を言った。

流石にこの量を食べるのは無理だ。今井だけでなく穣介もその言葉を、腹の中で言っていた。

「せっかく出したんだ、それを綺麗に食べろ。食べれば話を了解するが、もし残したら合併の話は考え直させてもらう」

清八郎はニヤニヤ笑いながら盃を口にした。

くだらない遊び、子供と同じだ。

それでも、相手の性格を考えると、食べざるを得ないのである。

「ありがたく頂きます」

穣介は表情を崩さずにナイフを左手に握った。

小柄な男もやらざるを得ない、しかし直ぐには肉に手を付けなかった。

今井は肉を一口食べ、スパゲッティのサラダを手に持った。

肉は苦しいがサラダなら何とかなると思い、フォークで懸命に口に押し込んでいく。

穣介も苦しい、やはりとんかつが効いている。

苦しいが姿勢を崩さず、表情も変えずにステーキを口にした。

美味いという気持ちはもうない、

今は肉と戦っていた。

穣介は途中でそっとベルトを緩めた。

それでもステーキを食べ終え、サラダも全て食べたのである。

もう限界だ、
そう思い隣を見ると、今井も限界なのだろう。

懸命にサラダを食べ終えたが、そこから手がピクリとも動かない。

「どうした、綺麗に食べないのなら、話も終わりだぞ」

盃をキュッと空け、少し赤くなった目元がニヤリと笑う。

今井が無理なのは穣介にも分かる。

「今井さん、そのステーキを貰えませんか」

「宜しいのですか、お願いします」

お願いされたくない、
最高級のステーキを差し出されたのに、少しも嬉しくなかった。

腹は限界、だが限界を超えるしかない。穣介は肉を口に入れ、高級ワインで喉に流し込んだ。

もう肉が食べ物には思えない、口に入れると喉が押し返してくる。

最高級の食材を食べているのに拷問のようだ。石を詰め込まれたように腹が重く苦しい。


残り3分の1で穣介の動きも止まった。

それでも肉を幾つかに切り、フ～ッと息を吐いた。

「ワインがなくなったか、おい、別のワインを持って来てやれ」

「いいえ、ワインは宜しいです。日本酒を頂けますか、それに塩を小皿でお願いします」

「面白い、なら枡がいい」

清八郎は自分も枡を用意させた。

塩を舐めて枡酒を飲む、清八郎は祭りを思い出した。

酒を飲む為に、穣介は塩を頼んだのではない、
指で塩を掴み、たっぷりと舌の上に塩を置いた。
噛みしめると塩の苦さが口の中に広がり、頭にキュ～ッと響く。
穣介はまたたっぷり塩を口に含んだ。

口の中だけでなく、躰がキュッと締まる。

まだ食べられそうだ、そう思えたのは塩が躰と頭を刺激したからだ。

穣介は枡に注がれた酒を一息で飲み干した。

躰がカ～ッと熱くなる。

その刺激も満腹中枢を一瞬麻痺させた。

残りの肉を次々に口に入れ、穣介は一気に食べた。

「大変、美味しかったです」

口をナプキンで拭い、頭を下げ、直ぐに顔を上げた。

口から肉が出そうだ。

「よく食べたな、いつもたっぷり食べるのか」

「はい、昼も特大のとんかつを食べました。普通の倍の大きさのとんかつですが、昼飯はいつもそのくらいは食べます」

普通の倍は本当でも、いつも食べるというのは嘘である。

あんなとんかつはもう食べたくない。

「いいね、食べる事もパワー、食べられる奴は力がある。気に入ったぞ」

清八郎は枡の酒を飲み、目元に笑みを見せた。

その笑みは今までとは違う。親指でス～と唇を拭い、袴の男はその口元にも笑みを見せたのである。

「ありがとうございました」

帰りのタクシーの中で、今井は何度も頭を下げた。この男も会社ではかなりの役職にあるが、安堵した顔はただの中年男でしかない。小柄な男は頭を下げた後、横に流れる夜の景色を漠然と見つめ、ホォ～と呟くような息を吐いた。

穣介は早くベッドに倒れたかった。今井と別れてから膨らんだ腹を押さえ、穣介は顔を歪めたのである。

「ほんとですか、最高級のステーキですよね……」

「そうだよ、それにワインも高級品だった」

「そのワイン、名前分かります？」

「いや、名までは知らんよ」

　初田典江はノートパソコンをテーブルに置き、ワインの写真を集めだした。

「これかもしれないな、外見が似ている」

「嘘、これ幻のワインと言われる超高級品ですよ……」

　超高級品か、和服の女も驚いていた。

　しかし本田清八郎は酸っぱいと言い、穣介も辛かったという記憶だけで、ワインの味をもう覚えてはいなかった。

「どんな高級品も食べ過ぎると味が分からんよ、500gのステーキを3枚食べた。美味いより苦しかった」

「所長、贅沢です。私そのくらい食べられます。ア〜、いいな、私の人生の目標の10分の1を経験したんですよね」

　人生の目標か、二度としたくない経験だ。

それから1週間、穣介は肉を一切口にしなかった。
その日、昼飯を食べる為外出した穣介は、魚を食べるつもりで店を探していた。
牛丼屋の前で一度足を止めた。
牛丼を食べるつもりはないが、手拭いを頭に巻いた男が目に入ったのである。
日焼けした男は美味そうに牛丼を食べている。
いい表情で食べる、
チラッとそう思い、穣介はまた歩きだした。

暫く歩くとステーキ屋の看板が目に止まり、足を止めた穣介は思わず口元に笑みを浮かべた。もうステーキは充分だ。

看板を見た穣介は、急に本田清八郎の顔が浮かんだ。

あの時清八郎は酒を飲んだが、さほど肉には手を付けなかった。

食べる事がパワーと言った男には、もうそのパワーがない。

若い男を集め、道場をやらせているのも、自分にないパワーを感じたいからだ。

大きなステーキは食べられないが、大きなステーキを食べるところを見てみたい。

そんな心理があるのだろう。
どんな高級ワインや肉を食べても、清八郎には感激がないように穣介には思えた。
健康な肉体と空腹、
この二つがなければ、どんなご馳走も意味がない。

日に焼けた手拭いの男は、ほんとうに美味そうに牛丼を食べていた。
安い牛丼を美味しいと思える時期がある。
その時期が、人生にとって幸せな時間だと思う。
出来れば歳をとっても、美味いと思いながら飯を食べたい。

腹を空かせよう。
そして牛丼を食べてみるか、
どんな味がするかな。
もしかしたら、あのステーキより美味いと感じるかもしれない。

穣介は苦笑いをしながら、ビルの合間を足早に歩きだした。

猫

恰幅がいいと言うより、あきらかに太っている。

髪を染めた中年女の指はやはり太く、その手には光る指輪を三つ、いや四つだ。別の手にも大きな宝石の指輪をはめていた。

「ミリンダがいなくなってもう2週間もたつんですの、あの子がどうしているか心配で心配で……」

宝石の付いた指で女は膨れた頬を撫でた。

「どうか一刻も早く、あの子を見つけてください」

太った中年女がまた頬を撫でた時、家政婦が紅茶を持って部屋に入って来た。

専属の家政婦だろうか、
それは分からないが、いまどき家政婦を家に置けるのだから、金持ちである事は間違いない。

穣介がいる部屋もヨーロッパスタイルの洒落た部屋であった。

「そう言われましても、猫の捜索は専門外でして、その方面の専門家に頼んだ方がいいと思います」

「頼みましたが2週間もたつのに捜す事が出来ません。ほんとに困ったものだわ……」

太った女は顔を曇らせ、指輪をはめた手で紅茶のカップを掴んだ。

マイセンのカップだ、
そのくらいの事は穣介にも分かる。

たぶん本物だろう、女はジャムを入れた紅茶を口にした。

「お話では、あなたは素早く動いてくれると聞きました。どうか1週間以内にミリンダを捜し出してください」

専門家でも分からないなら、穣介も自信がない。

それに猫の捜索を頼まれたのは初めてである。

「お願いします。捜し出して頂けるなら謝礼として100万お支払い致します」

「100万……ですか……」

猫を見つけて100万、多すぎないか。

「あの子は家族の一員、その程度の謝礼は当然ですわ」

迷っていたが100万という言葉で穣介はこの件を引き受けた。

駄目で元々、
謝礼を考えれば悪い話ではなかった。


「猫の捜索、所長そんな話引き受けたんですか……」

初田典江はパソコンから顔を離し、穣介を見て呆れたように目を瞬かせた。

「引き受けたとも、条件は1週間以内、それに謝礼は100万だ」

「エッ、100万……100万ウォンじゃなくて100万円ですよね」

「なんでウォンが出てくるんだ」

「だって猫ですよ、猫見つけて100万円は多すぎません」

「庶民には1万でも大金だが、金を持っている者には100万は大金じゃあないのさ」

典江はパソコンから手を離した。

「所長、手伝わせてください。私猫に詳しい者に心当たりがあります」

「猫に詳しい、ほんとか」

「ええ、動物好きだと言ってましたから、たぶん猫にも詳しいはずです」

動物好きか、
それだけで猫に詳しいと言い切るのは流石、典江だ。

穣介とて猫捜しは初めて、1人で捜すより人数が多い方が助かる。

「だけど典ちゃん、自分の仕事があるだろう」

「大丈夫、丁度暇でしたから、それに私は所長の助手ですよ、手伝うのは当然です」

典江はやる気満々、それを見て穣介は顎を撫でた。典江はやはり見返りを要求してきたのである。

「帝国ホテルの特別ディナーコースがあるんです。一流のアーチストの演奏付きで税込み3万8千円、宿泊付きコースでも5万ですよ。私贅沢は言いません、これでいいです」

「いいが、あくまで猫が見つかったらだぞ」

「分かりました。ただ援軍を頼むので、その子の分もお願いします」

「その子はもしかして男かな」

「残念でした女です、出来たら宿泊コースでお願いします」

2人で10万か、だが100万入ったらだ。

穣介は承知した。

「あの……、交通費と、それにホテルのバーに行くかもしれないんで、プラス5万お願い出来ません？」

ヤレヤレと思うが、あくまで猫が見つかった場合だ、穣介は承知せざるを得なかった。

あまり当てにはしていなかったが、典江は猫の習性と行動範囲を克明に調べてきた。

「猫は絶対遠くに行きません」

その日は典江の計算した範囲を調べた。残念ながら収穫はなしである。

近所には猫の写真が至る所に張ってあり、専門家が調べたのだ。

その範囲の外にいる。穣介はそう思うが、そうなると広範囲になり、ますます捜すのが難しくなる。


翌日の金曜日に、典江の言う助っ人がやって来た。

「小島和子さん、高校時代の同級生です」

背が高く細身の女は銀縁の眼鏡で、髪はショートカット、真面目な銀行員という容貌と雰囲気をしている。典江は国家公務員だと言い、それ以上は個人情報と断りを入れた。

「悪いわね和子、手伝わせて」

「いいのよ、丁度有給取りたいと思ってたから、それよりホテルの件本当でしょうね」

ショートカットの眼鏡女が念を押すと、典江は胸を張った。

「予算はあるから、下手な旅行より贅沢出来る」

もうじき三十路になる女2人は、道の端で喋りだし中々話が終わらない、穣介は頼むのではなかったと、後悔し始めていた。


その日も猫は見つからず、翌日の土曜日にショートカットの女がおかしな提案をした。

「可能性のある所を捜しても見つからないなら、逆に可能性のない所を捜した方がいいかもしれません」

「具体的に言ってもらわないと分からないけど」

「つまりです。絶対こんな場所にはいない、そんな場所を捜すのです」

「つまり日本中を捜すわけだ」

「いいえ、猫の行動範囲は限られています。でもその行動範囲を少し超えてですね」

和子は地図に赤い丸を付けだした。

「この範囲で、猫が行きそうにない場所から、逆に捜索するのはどうでしょう」

穣介は何か言いたかったが、猫の捜索など初めて、上手い言葉が出てこなかった。

「和子、いいかもしれない。専門家が分からなかったという事は、基本的な猫の動きとは違う所にいるのよ、この円の中で猫がまず行きそうにない場所を捜しましょう」

「ならばここですね、川で分断され、猫が行けません」

「おい、おい、待ってくれよ、猫が行けないなら、そこにはいないだろう」

「所長、固定観念は捨てるべきです。これだけ捜していないのなら、逆にまさかという所にいるかもしれませんよ」

「だが、どうやって川を渡った」

「それを調べるのが捜索ではないですか、まず実地検分で証拠を積み重ねる事です」

ミステリー小説を書きたいと思っている典江はやる気を出し、逆に穣介は腹の中で溜息をついていた。

飼い猫が川を泳ぐか、しかも金持ちの家で贅沢に育てられた猫だぞ、そんな猫が川を泳ぐとはとても思えなかった。

それに眼鏡の女は動物好きと聞いたが、どうも怪しい。

ペットを飼っていると言っても爬虫類、それも蛇だとショートカットの女は言った。

「蛇はペットには最適です。餌は10日に一度だけ、大量に食べさせれば1カ月は大丈夫、他に手間もかかりません」

眼鏡の女は爬虫類用の生きた鼠が売られていると言う。穣介はそれ以上聞くのをやめた。

それで動物好きか、

それに爬虫類は動物とは言わないだろう。

その女を胸を張って紹介したのだから、典江の度胸のよさは認める。

そしてこの提案だ。

可能性は限りなく低いと思うが、それに頼らざるを得ないのだから情けない。

意外に広い川だ。

川岸を歩くと狭まった所もあった。

「あれ、流木ですよ、あれを伝えば川を渡れない事はないです」

確かに流木が川岸に止まり、橋のように横たわっていた。しかしこの流木を伝って向こう岸まで渡れるかは疑問が残る。

猫にとってもかなりの冒険になる。

そんな事を飼い猫がするだろうか、

「この流木の先を確認しましょう」

「そうね、可能性はある」

三十路前の女２人はゲーム感覚で猫を捜している。

穣介は可能性は低いと思っても、取り敢えず捜す事にした。

他に手がかりはないのである。

そこからかなり先に橋があり、その橋を渡り、３人は目星を付けた地域に足を踏み入れていった。

「ここから分かれて捜し、3時間後にこの場所で落ち合う事にする。見つけたら連絡してくれ」

「連絡はラインでもいいですか」

「いや、ラインではなく電話にしてくれ」

口元に笑みを浮かべながら、典江は和子の耳に顔を近づけた。

「いまどきガラケー、嘘でしょ……」

和子が天然記念物を見るような目で穣介を見ても、穣介は別におかしいとは思わない。

ガラケーの方が使いやすいだろう。

3人に分かれたが、問題はどうやって捜すかだ。

典江は猫の習性を色々とレクチャーした。ただ、相手は猫だ。縁の下に隠れられたら分からないし、捜す事が出来なくなる。

そう思うが捜すしかない、
穣介はこの件を引き受けた事を後悔しだしていた。

「ミャー……」
5、6歳程の女の子の声で、白い猫が擦り切れた畳の上を歩いて来た。女の子が右手を差し出すと、猫はピョンッと膝に乗った。女の子に頭を撫でられ、猫は気持ちよさそうに目を細めた。
「夏子、お昼だよ……」

昼と言ってももう2時に近い、小さな総菜屋にとっては昼がかき入れ時になり、その時間を過ぎてからが食事の時間になる。

「また天麩羅……」

「贅沢言わないの、天麩羅が食べられるのはありがたい事なのよ」

天麩羅と言っても売れ残った竹輪や芋ばかり、母親は竹輪を小さな皿に乗せた。皿は二つ、一つを仏壇に供え、手を合わせてから、別の皿を猫の前に置いた。

ふちが欠けた皿の上の竹輪を、猫は匂いを嗅いだ後、美味そうに食べた。

「ほら、ミャーは竹輪が好きよ」

「かつ節をかけたご飯も好き、そうでしょミャー……」

女の子は右手で猫の頭を撫でた。白い猫は顔を上げ、夏子を見てミャ～と鳴いた。

「いただきましょう」

母親の言葉で夏子は一生懸命に左手を動かすが、震える手は中々上がらない。それでも顔の前に上げると夏子は右手を合わせた。

左手はまだ震えている。

母親は、それを見てから自分も手を合わせた。

「いただきます」

2人が声を合わせた後、夏子はゆっくりと左手を下げ、右手で箸を持った。

「お母さん、かつ節ご飯食べたい」

「また今度、今日は天麩羅を食べましょう」

母親の口元に笑みが見え、夏子もニコリと微笑みを返した。

猫はそんな2人を見てミャ～と鳴き、夏子の膝の上にピョコンと飛び乗った。心地よいのだろう、女の子を見上げながら猫の大きな瞳がゆっくりと細まっていった。

「収穫はなしか」

「目撃情報もないですから、別の地域かもしれませんね……」

「でも猫を見たという証言もありました」

　事務的な口調で言う和子に、白い猫かと念を押すと、

「目撃談では、白だったかも、という曖昧な部分がありますが、猫であったのは確かです」

　頼りになる証言ではない、それにもうじき夕方になってしまう。

「場所を変える」

「所長、まだ捜すんですか」

「ディナーを諦めるんなら、止《や》めてもいいぞ」

「いえ、やります。次は別の方法を試しませんか、私二つ案があるんです」

「二つ、どんな案だ」

「一つは、猫の動きのシミュレーションコースです。最初の時より細かい情報を入れたので精度は上がっています」

「もう一つはどんな方法だ」

「占いです。私の得意分野ですし、情報分析と占いという相反する二つの方法で試せば、どちらかが当たっているはずです」

占いか、

どっちも見込みが薄そうだ。

「ねえ、お腹すかない」

眼鏡の女は突然関係のない事を言った。

「すいた、ここは何か食べてから動いた方がいいわね。空腹だと脳の動きも鈍くなるから」

「でもこの辺って下町でしょ、小じゃれた喫茶店とかなさそうだし」

「あの角、食べ物屋でしょ」

「あれ、小汚い総菜屋よ」

「ああいう所に、意外と美味しいコロッケとかあるのよ」

和子が嫌な顔をしても、典江は角の総菜屋に向かい歩きだしていた。

食べる事が大好きな典江は、歩きながら手招きをする。穣介も乗り気はしなかった。

だが場所を変える前に、もう一度だけ確認してもいいだろう。

近所の者が買いにくる店だ、当てにはしないが、尋ねなければ情報は得られないのだ。

「コロッケと、あとハムカツ、三つずつください」

確かに綺麗と言えない小さな店、割烹着を着た女はその場でコロッケを揚げてくれた。

「やっぱり揚げたてのコロッケって美味しい」

典江はコロッケを齧り、ニコリと笑う。和子は左の指でクイッと眼鏡を押し上げた。

「ジャガイモばかりじゃない、正式にはこれはコロッケではないわね」

「コロッケってジャガイモの塊よ、それがいいのよ」

典江はおおらかで細かい事は気にしないが、眼鏡の女は神経質だ。

性格が違うのに、親友同士だと言うのだから人はやはり面白い。

穣介はコロッケを食べるより先に、猫の件を割烹着の女に尋ねた。

女の顔色が少し変わり、その背後で子供の声と猫の鳴き声が聞こえたのである。

「間違いないです、あの首のリボン、金の刺繍が入ってます」

初田典江の頬がプ〜ッと膨らんだ。穣介は興奮気味の典江と和子を店の外に出した。

穣介は女の子の母に猫の写真を見せた。

絹の赤いリボンに金の刺繍、その写真を見て女は唇を噛みしめ、暫く何も言う事が出来なかった。

「あの猫は10日程前に家の前で鳴いていたんです」

母親はポツリ、ポツリと話しながら畳の上で猫と戯れる娘を見ていた。

女の子は膝の上に乗った猫を左手でぎこちなく押さえ、右手で猫の顎を撫でた。

猫は目を細め、女の子の顔に頬を擂り寄せていく。

動物の心は分からなくても、女の子と接している猫が、とても気持ちのよさそうな表情をしているのは穣介にも分かった。

話しづらいが、話さねばならない。

母親がその話をすると、女の子の目が涙で真っ赤になり、そのまま泣きだしてしまった。

「すみません、少し時間をください。明日になれば大丈夫だと思います」

母親が力なく頭を下げるのを見て、穣介は一度引き揚げる事にした。


「所長、やっぱりあの猫でしたよね」

「ああ、だが連れて行くのは明日だ」

「でも見つかりました、やったじゃないですか」

典江と和子は両手を上げ、パチンッと手を合わせたが、猫と女の子の姿を見た穣介は複雑な気持ちであった。


翌日の午後2時に穣介は小さな総菜屋に着き、店の隅で昨日聞けなかった詳細を母親に尋ねた。

父親は3年前に亡くなったと言う。穣介が狭い居間を覗くと、女の子は猫を抱きかかえていた。左手の動きがやはりぎこちない。

「左手がお悪いのですか」

「ええ、何とか動きますけど、その為ですか娘は引け目を感じて、いつも表情が暗かったんです」

子供は無邪気だが残酷でもある。

障害がある子は辛いのだろう。

「猫のミャーが来てからです。あの子に笑顔が出てきました」

片手で目を覆った母親は、喉が震え次の言葉が出てこない。

穣介も言葉に詰まる。それでも、仕事と割り切らねばならなかった。

用意していた封筒を出し、穣介はそれを母親に差し出した。

「あの猫には懸賞が懸けられていました。保護されたのですから当然懸賞を貰う権利があります。どうぞ収めてください」

封筒の中身は10万円、母親は驚いて封筒を差し返した。

「こんなお金は貰えません……」

「猫を引き取るのですから受け取ってください。遠慮は無用です」

押し問答が少しあり、最後に母親は頭を下げた。

「夏子、もういいでしょ」

母親がそう言っても、女の子は猫を抱えて離さなかった。

「どうしたの、昨日あれだけ言って、あなたも納得したでしょ」

女の子の唇が震え、目からボロボロと涙がこぼれていく。

猫はその涙を舐め、女の子に躰を寄せた。

暫くの間があり、その後女の子は気丈にも穣介に猫を渡したのである。

どうしても猫を送りたい、
その要望で母親と女の子を連れ、穣介は広い庭の家に入った。
母親と女の子は立派な門構えに驚いた顔をしながら、穣介の後ろにつき、恐る恐る家の中に上がった。

「どうもミリンダを保護してくださり、ありがとうございました」

バスケットから出した猫を見て、太った指輪の女はにこやかな顔になり、母親と女の子に礼を言った。その女は、女の子の靴下の踵が破けているのを見て、一瞬目を細めた。

髪を染めた中年女は、細めた目に直ぐに微笑を浮かべた。

母親と女の子の服装を、品定めをするような目で見ながら、指輪女は笑みを作る。

穣介が嫌いな偽善的な笑いだ。


「おばさん、これをミャーにあげて、ミャーが好きだったんです」

女の子は右手でプラスチックの箱に入れた竹輪の天麩羅を差し出した。

「まあそうなの、そのテーブルに置いて」

指輪女は口元は笑うが、目は笑ってはいない。

「それとこれも好きだったんです。ミャーにあげてください」

女の子はかつ節のパックを三つ取り出し、それもテーブルに置いた。

女の子が出ていく時、家政婦に抱きとめられた猫は悲し気な声で鳴いた。

「帰れますので、ここで結構です」

門の前で母親と女の子は穣介に頭を下げた。

母親に手を引かれた女の子は歩く度に足を止め、門とその向こうにある家を、目を潤ませながら振り返った。

穣介が家の居間に戻った時、もう指輪女は笑ってはいなかった。

「お金は明日用意致しますので、今日はもうお帰りください」

穣介もこの家には長居をしたくはない。部屋を出ようとした時、太った女が家政婦を呼ぶ声でチラリと後ろを振り返った。

「これを捨ててちょうだい」

女の子が渡した竹輪を指差し、横にあるかつ節のパックも汚れ物を摘まむように持ち上げた。

「これもよ、それとティッシュをちょうだい……違う、除菌ティッシュよ、除菌……」

穣介は家を出た。

仕事は解決した、だが嫌な気分だ。

「どうもミリンダを見つけてくださり、ありがとうございました」

指輪女は事務的な声で頭を下げると、100万が入った厚い紙包みを穣介に渡した。

「猫はお変わりないですか」

「ええ、昨日病院に連れて行き、よく洗い消毒もしましたので、もう心配ありませんわ」

家政婦が連れて来た猫を指輪女は抱きかかえ頬ずりをした。猫は嫌がるように顔を背けてしまう。穣介にも猫の気持ちが分かる。

あの指輪の付いた太い指で撫でられたくはないだろう。

「奥様、ミリンダの食欲があまりよくありません」

家政婦は猫の小皿を見せた、マイセンの小皿だ。

「可哀想に、下品な物を食べさせられたからお腹を壊したのよ、もう大丈夫よミリンダ」

指輪女は猫の頭を撫でながら、穣介に顔を向けた。

もう帰りなさい、

目がそう言っている。

目で催促されなくても、立ちたいと思っていた。

玄関を出た時、猫の鳴き声が聞こえ、穣介は少し庭に廻った。

ガラス戸に顔を付けるようにして猫が鳴いている。


門を出た穣介は金が入った内ポケットを叩いた。やはり釈然としない。

あの猫はこの家が嫌で逃げた。

だが俺が連れ戻してしまった。

立派な部屋でもないし、マイセンの小皿もないが、猫にとっては小さな総菜屋の方がずっと居心地がよかったのだろう。太った女に抱かれるより、猫は女の子の膝の上が気に入っていたし、女の子と猫はお互いを好き合っていた。

その仲を引き裂いたんだ、
俺は判断を誤ったかもしれん。

穣介は足を止め、また胸を叩いた。

「もう大丈夫です」

母親はそう言い、居間にいる女の子をチラリと見た。

白い猫の縫いぐるみを女の子は大事そうに抱えている。

「ミャーの代わりです。本人も納得していますので心配なさらないでください」

穣介は店の脇で母親と話しながら、店の中を注意深く見ていた。

「お母さん、店の前を綺麗にし、大きな看板を上げたら、客の入りも増えると思います」

「それが出来たらいいのですが……」

「コロッケも美味しい、看板で引き寄せれば固定客も増えます」

「そう思った事もありますが、少なくとも100万円はかかると言われまして、とても無理です……」

100万という言葉で穣介も決断が付いた。

「実はあの猫の本当の懸賞金は100万円なんですよ、猫を見つけたのはお母さんなので、今日その懸賞金を持ってきました」

いきなりの話、驚く母親に穣介は紙包みを差し出した。

「いいえ、とてもこんな物は受け取る事が出来ません」

固辞をする母親と、暫く話した後、

「これはあの娘の為に猫がくれたものです。娘さんの為にも受け取ってください」

母親は首を振り、最後には黙って穰介に頭を下げた。


「その猫が新しいミャーだな」

穰介は女の子の頭をポンッと叩き、

「左手が上手く動かないのか」

女の子の目を見ながら穰介はその言葉を口にした。

「動くもん……」

頬を膨らませ震える手を一生懸命上げようとしている。

穰介はまた女の子の頭を叩いた。

「片腕の動きが遅くても、人の倍頑張ればそんな事はなんでもない。最初は苦しいさ、だが慣れれば頑張る事が楽しくなるんだ」

穣介は女の子の頭に手を乗せ、その手を動かさなかった。

「頑張った先に幸せが待っている。お母さんを喜ばせたいだろ」

穣介は女の子の目をじっと見ていた。

女の子も穣介の目を見ている。

唇が締まると戸惑うような目が変わった。

「ウン……」

縫いぐるみの猫を抱きしめ、力強い声が返ってきた。

店の前に出て母親と女の子は何度も何度も穣介に頭を下げた。

穣介が振り返ると女の子はまた頭を下げ、左手で縫いぐるみをギュッと抱きしめている。


障害は個性だという言葉がある。

耳障りがいい言葉だが、それだけだ。

障害はハンディ、強くならなければ乗り越えられない。

強くなってくれ、

穣介は心の中で祈るしか出来なかった。

「所長、じゃあ行ってきま〜す」

初田典江はご機嫌で出かけた。穣介にとっては15万の損、あの母親にも先に10万を渡した為合計25万の損になる。

後悔はしていない、むしろ１００万渡した事で気持ちがスッキリした。

「さて、何か食べるか……」

戸棚を開けるとパックのご飯がある。

それにかつ節のパックも戸棚に入っていた。

かつ節をかけたご飯は確か猫まんまと言った。

穣介はレンジでパックのご飯を温め、そこにかつ節をかけた。

「中々いける。ホテルのディナーでなくてもこれで充分だ」

もう1杯食べるか、

穣介は戸棚からまたかつ節を取り出した。

あの猫はどうしているだろう、

かつ節を手に取った時、寂し気な猫の顔がフッと頭に浮かんだ。

あの猫に、もう一度猫まんまを食べさせてやりたい、

マイセンの皿の料理より、あの猫にはご馳走だろう。

猫まんまを噛みしめ、穣介はそう思った。

ネクタイ

「ふざけた事を言うな……」

40代だろう、面長の顔に頬が少しこけ、嫌な目をしている。

男は穣介を睨み、また怒鳴り声を上げた。

「お前の所の欠陥商品のせいで、俺は入院したんだぞ」

狭いアパートの薄汚れた部屋の中で、男は威嚇するようにテーブルを叩いた。

「商品に付いていた傷は出荷時にはなかったというのが私達の見解です。入念なチェックを工場で行っていますし、その記録もあります」

「おい、口の利き方に気を付けろよ。俺は強請屋《ゆすりや》じゃねえんだ。欠陥商品を見つけたから忠告してやっただけだ。生意気な口を利くなら出る所に出て、白黒付けてもいいんだぞ」

喋りながら興奮で頬が赤くなる。

こいつがモンスタークレーマーという奴か。

穣介は荷物が散らかっている部屋の中にチラリと目を走らせた。

商品を飲み、躰を壊し、その商品に穴が空いていた。

そのクレームを受けたメーカーも最初は軽く考え、マニュアル通りの対応をしたが、相手は医者の診断書と穴が空いた商品を見せ、ヤクザのように脅してきた。

最初は課長が行き、次に部長が謝りに行くがラチが明かない。

この時まではメーカーも慌てなかった。事情が変わったのは本社に現れ、会長に会わせろと騒がれてから、「マスコミやネットに流す」と怒鳴り、対応に出た者も相手の気迫にビビってしまった。

穣介は目の前で騒ぐ男に冷静に説明した。

「もう帰れ。いいか、今度来る時は首を洗って覚悟して来い、俺を怒らせる事を言えば、次はまともな躰じゃあ帰さねえぞ」

頬が先程より赤くなっている。

自分の言葉に興奮してくるのは、気の弱さの裏返しでもある。

穣介はゆっくりとネクタイを取り、シャツの一番ボタンを外した。

雰囲気が変わった事に目の前の男も気づいたのだろう。

今まで来た者はまず頭を下げたが、怒鳴っても冷静に話す男は部屋に来てから一度も頭を下げなかった。


「近藤さん、もうここで幕引きにしましょう。あなたには手数を掛けた分、ギフトという形でお詫びの品も差し上げています。この書類にサインを頂ければお互いが無駄な手間を掛けずに済みます」

その時、部屋のドアをノックする者があった。

コン、コン、と二度ノックがあると直ぐにドアが開き、サングラスを掛けた大柄な男が入って来た。

「おい、土足は失礼だぞ」

穣介の声に凄みが入った。

「すみません」

体格がいい、180㎝をゆうに超えている大男が頭を下げ、その後ろから短髪のこれも体格のいい男が入って来た。

サングラスを掛けた2人の大男は両手を後ろに組み、黙って穣介の後ろに立った。

「な……なんだ……なんで勝手に入って来る……」

完全に雰囲気が変わった、これは企業の対応ではない。

「近藤さん、私達はあの会社の者ではありません。ですからあなたに頭を下げませんし、怒鳴っても意味はありません。お互いの為に事務的に話を進めませんか」

「なんだ、お前ら、俺を脅すつもりか……」

「いえ、冷静に話をしたいだけです。ただ断っておきますが、先程俺を怒らせるなと言いましたね。あなたも私達を怒らせないでください」

穣介はあくまで冷静に話すが、相手を見る目は先程とは違う。

狼は獲物に襲い掛かる時は冷静に相手を見る。

ネクタイを外した男の目はサラリーマンの目ではなく、その狼だ、その後ろにサングラスを掛けた2人の大男が立っている。それを前にした近藤の目の色も変わった。

「ここにサインをお願いします」

穣介の取り出したボールペンには、メーカーのマスコットの人形が付いていた。

「こんな事をすれば、世間に大声で叫ぶぞ」

男は威嚇した。その声に力がない。

「ここに署名をお願いします」

穣介はマスコットの人形の首を捻り、もげた人形の頭を男の前に転がした。

「どうぞ、このペンをお使いください」

首が取れたマスコットが付いたペン、それを受け取る男の手が震えていた。

「印鑑もお願いします」

男がサインした書類は、自分がクレーマーである事を認めた内容が記載されている。

「近藤さん、勿論あなたは今後おかしな真似はしないと思いますが、念の為お話しします。これをあなたが働いている工場に見せる事は万が一にもしたくはありません。この文章を見せれば当然解雇でしょう。失礼だが解雇になれば、もうまともな所に勤める事は不可能だと思います。その歳で人生を棒に振る事はしないと思いますが、波風を立てる事がないよう、穏やかにお過ごしください」

穣介は最後に深々と頭を下げた。

「今日はお手数をお掛けして、申し訳ございませんでした」

気の抜けた顔になった男の部屋を、穣介は２人の大男を引き連れ出ていった。


「どうも今日はご苦労さん」

「いいんですか、あれで」

２人の男は事情を一切知らない、ただ一度頭を下げ、穣介の後ろに立っていればいいと言われただけである。

「これはバイト代、済まなかった」

サングラスを外すと２人とも気のいい目をしている。

「すみません」

少しの間後ろに立っているだけで３万円、最初は１万でもいいかと思ったが、経費を払うのは大企業、1万も3万もたいした違いではなかった。

穣介は次に初田典江に電話を掛けた。

「典ちゃん、助かったよ、あの2人は役に立った」

背の高い方は典江の大学時代の知り合いで、ラグビーのフルバックをしていた男。もう1人の男はそのラガーマンの後輩、大学の柔道部の副主将をしていただけあって、100kgを超えるガッチリとした迫力のある体格をしていた。

「そうですか、でも私もタマリンにお願いするのに骨を折ったんですよ」

「タマリンって誰」

「ラグビー部のタマリンですよ、玉木だからタマリンでしょ」

タマリンか、人のいい目をしていたがサングラスを掛けるとヤクザより迫力があった。

「おかげで無事済んだ、感謝するよ」

「所長、私、感謝は言葉ではなく別の形がいいです」

そうくると思った。典江は珍しく食べ物ではないと言ったのだ。

「お金もいいです。そのかわり商品券が欲しいですね」

なんだよ、金と変わらんだろう。

依頼の件も完了したのだから、穣介は商品券も承知した。


翌日、穣介は依頼主であるメーカーのビルで2人の男に会った。

1人は総務部の部長で、もう1人が課長。課長の方は盛んに穣介に頭を下げる。書類を渡し、話が終わると部長は部屋から退席し、課長はビルの外まで穣介を見送った。

何もあんなに頭を下げる事はない、しかし頭を下げるのがサラリーマンのマニュアルの一つだ。但し、ペコペコ頭を下げるのは課長まで、役職が上がると頭を下げなくなる。

係長から課長までが一番頭を下げる。

おかしなもので平社員より、このラインの方が客に頭を下げた。

サラリーマンにとってこのラインより上にいけるか、ここで止まるかが出世の分かれ道だ。穣介はサラリーマンではないが、ペコペコ頭を下げる人のよさそうな男の顔を見ると、サラリーマンも楽ではない事がよく分かった。


会社に行ったのは昼を過ぎた午後になる。

穣介はビルを出るとネクタイを外した。

一流企業に顔を出すのだから、やはりネクタイをし、スーツ姿でないと体裁がつかない。

ビルを出ればネクタイは不要、穣介はシャツの最初のボタンも外した。

時刻は午後の2時半、穣介は歩きながら日本橋に向かった。

歩く事は苦ではない、
都内なら電車に乗るより、穣介は歩く方が好きだ。

都心は少し見ないと直ぐに顔を変える。

街並みの変化を見ながら歩いていると昔の映画を上映する映画館を見つけた。

昔見た映画だ、

どうするかと思ったがまだ時間はある。

穣介は映画館に入った。

映画を見終わったのは5時近く。穣介は日本橋まで歩き、百貨店の6階で商品券を買い、その後、見学するように店内を歩いていた。

生き残りをかけ、百貨店も色々な企画を立てる。

こんな展示会もやっているのか、
百貨店の中をじっくり見たのは初めて、へ～っと思いながら見ているうちに時刻はもう閉店近い、百貨店の入口にある椅子に座り、穣介は前屈みで右手を顎に当てた。

せっかく日本橋まで来たのだから、どこかで一杯飲んで帰るか、
典江が日本橋にある酒場を調べてくれた。

「所長、日本橋ならケイダスという洒落たバーがあります。カウンター席で北欧の静かな酒場の雰囲気があるそうです」

ケイダスはフィンランド語でオアシス、典江はたぶんと言った後、そうですと言い切った。

北の国のオアシスか、そこで飲むのも悪くない。

穣介がぼんやりとそんな事を考えていた時、百貨店の前に止まったタクシーから黒いコートを着た女が降り、そのまま百貨店の入口に歩いて来た。


椅子から立ち上がった穣介は、そのコートの女とすれ違った。

穣介はオヤッと思った、女も立ち止まり穣介を振り返った。

「來栖くん……」

50代半ば程、女は歳よりも若く見えた。真面目な理科の女教師のような顔が穣介の顔を見返している。

穣介も見覚えがある。

町田冴子、女性でありながら検事長になった検察庁のエリート中のエリートだ。

検察の最高位は検事総長で次が補佐役の次長検事、そして検事長になる。

この三つは内閣が承認し天皇が任命するという特別な地位で、町田冴子は高等検察庁の長でもあった。


「どうも、お久しぶりです……」

穣介もあまり会いたくない相手に会い、どうするか戸惑ってしまう。

「ほんと久しぶりね、來栖くん、これから何か用事があるの」

「いえ、とくには……」

「そう、なら少しお話をしない、用事は直ぐ済むので待っていて」

町田冴子はそう言うと、もう百貨店の中に歩きだしていた。

待っていてか、
相変わらず強引なところがある。そのくらいでなくては女で検察庁のトップにはなれないだろう。

どうするか、穣介としては話をしたくない相手だ。しかし黙っていなくなるわけにもいかず、入口近くの椅子に座り直した。

冴子が戻って来たのは、閉店の音楽が流れ、百貨店が閉まる間際だった。

「お待たせ、行きましょう」

冴子は先に立ち歩きだした。

外はもう日が落ちている。

「検事長、どこに行くのです」

「検事長はやめて、今はプライベートな時間ですよ」

プライベートな時間か、余計呼びづらいし穣介としては早く切り上げたかった。

「この時間にお茶も変よね、來栖くんお酒飲みます？」

「たしなむ程度ですが」

「そう、なら少しお酒を飲みましょう。その方が話しやすい」

町田冴子は足を止め唇に指を当てた。黒いコートの女は思案気な顔で街を見廻した。

「この近所に確かあったはず、行ってみましょう」

冴子はツカツカと大股で歩き、表通りから裏道に入っていった。


「おかしいわね、この辺だと思ったのに……」

冴子はまた唇に指を当て、薄暗い通りを見廻している。

「あった、よかった、やっていたわ」

冴子はまた大股で歩きだしたが、その先にあるのは赤提灯を提げたおでん屋、しかも屋台のおでん屋であった。

「こういう所で飲むのですか」

天皇が任命した高等検察庁のトップが、屋台のおでん屋に行く事に驚く。

「前に一度だけ来て、また来たいと思ってたの、でも1人では行けないでしょ。あなたに会えてよかった」

お世辞にも綺麗とは言えない長椅子に冴子は座った。穣介も座るしかなかった。

「好きな物を食べて、私はハンペンに蒟蒻、それにさつま揚げを貰う」

こういう展開は先が読めない、運が悪いと諦め、無難に乗り切るしかないだろう。

穣介が焼き豆腐と竹輪を頼むと、冴子は焼酎のお湯割りを頼んだ。

プラスチックのコップが二つ、その一つを冴子は持ち、穣介に向け軽く差し上げた。

「ほんとうに久しぶり、元気でやってた」

「ええ、何とかやってますよ」

コップを手に持った穣介は唇の端を少し舐めた。冴子が焼酎を飲むのも意外だ。

「普段お酒を飲まれるのですか」

「人前では飲まないし、役所の人間とも飲まないけど、たまにね、やっぱりストレスが溜まるから」
男女同権とは言うが、仕事の世界ではまだまだ男社会、その中で女が長になれば気を遣う事も多いのだろう。それに冴子は曖昧な表現ではなくストレートに物を言う。そういう表現は日本の社会では角が立つ、
角が立っても、冴子は正論をハッキリ言わねば駄目だという信念を持っていた。

「私ね、実家は九州なの」

「九州ですか、どちらです」

「熊本、父は一升瓶を片手に持ち、茶碗で焼酎を飲んでいた」

なら酒は強いかもしれん、コップ酒もチビチビではなくツッと口に入れる。

検察庁では近づきがたいピリピリとしたオーラを出し、男も睨まれる事を恐れていた女と、今隣にいる女は全く雰囲気が違う。

さつま揚げを口にし、焼酎を飲む姿に、威厳や気取りはなかった。

「來栖くん、今何をやっているの」

「司法事務所です。真面目にコツコツやってます」

「そう、何という事務所」

真面目にやっていると言った手前、隠す必要もない。

「來栖司法事務所です。事務所と言っても私1人です」

來栖司法事務所……、
冴子は声には出さずに口の中でそう呟いた。

「それ、普通の司法事務所かしら」

「おかしな言い方ですね、法律に反する事はしていませんよ」

「ごめんなさい、実はあなたの噂をチラリと聞いた事があったから、ついそんな言い方になってしまったの」

噂か、話を聞かなくても想像はつく。

「おじさん、お代わりちょうだい」

焼酎のコップを冴子はグッと半分程飲み干した。

「ほんとうの事を言うと、あなたの事を知りたかったのよ、噂なのだけど、あなたの事を悪く言っていた」

冴子はそこでまた焼酎を口にし、穣介を見た。

「それもね、もの凄く悪く言っている。まさかそんな事をしているとは思えないけど、やっぱり気になるでしょ」

ヤクザのような事をやっている。

冴子はそう言い、残りの焼酎を飲み干した。

「検察庁ではあなたは一番真面目で優秀な人でした。來栖くん、噂のような事はやっていないわよね」

真面目な男か、確かに常にスーツを着てネクタイを外した事はなかった。

「さっきも言いましたように、法律に反する事はしていませんし、地道にやってます」

穣介もコップ酒をグッと飲み、

「陰では、私の事を危険屋と言う者がいます」

コップの焼酎を飲み干した。

「ただ、それだけです」

冴子はそれ以上、尋ねてはこなかった。

それからたわいのない世間話になり、知らぬ間に2人はコップ酒をかなり空けていた。

「いいのですか、もうだいぶ飲んでますよ」

「平気よ、半分以上お湯でしょ」

目元が赤い、穣介もこんな冴子の表情を初めて見た。

「それ美味しそう……」

穣介の皿にあった大根を箸でヒョイッと摘み、冴子は自分の口に入れた。

「やっぱり美味しい……」

大根を頬張りながら、肘で穣介の肩を小突いてくる。

エリートの検察官ではなく、ただの中年女、その赤い目元が笑った。


表通りに戻った冴子は先程とは表情が違う。

冴子は足を止め、穣介を見て唇に指を当てた。

「一匹狼という言葉があるけど、あなたそんな感じがする」

「狼で生きていくのは大変ですよ」

「そう、でも組織に戻るつもりはないでしょ」

冴子はまた目で笑って見せた。

「今のあなたの方が素敵よ」

黒いコートを着た女は、大股で通りまで歩くと直ぐにタクシーを拾い、夜の街に消えた。

穣介は月を見上げた、
酔いが覚めた気分だ。
組織を離れると苦労があるが、組織にいても苦労する。
どこにいても、自分の力で生きていくのは同じだ。

どこかで飲み直したい、
夜道を歩くと表通り、サラリーマンが大勢歩いてくる。

赤い顔をした者もいる、だが皆ネクタイを締めたままだ。

会社を出てプライベートな時間になってもネクタイを外さないか、
そう思うが、穰介も昔は同じだった。

役所を出てもネクタイを締め、ネクタイを付けたまま酒を飲み、ネクタイを付けたまま家に戻る。右のポケットからネクタイを取り出し、穰介はジッと見つめてからまたポケットにネクタイを戻した。首輪を外した事を後悔してはいないし、陰口を言われる事も気にはしない。

ただ、もう少し酒が飲みたかった。

コンクリートジャングルという言葉を思い出した。首輪を外すと本当にそう思える。

確かオアシスという意味の酒場があった。

そこで一杯飲むか、
穰介はビルを見廻し、歩きだした。

人込みの中を歩いても、自分が別の世界にいる気がする。

それも悪くはない、
自分が選んだ道だ。

穣介はまた月を見上げた。

顔を戻すとネクタイを外した男は薄暗い通りに目を向けた。

街の灯りの間に闇が見える。

足が止まり、男は目を細め僅かに唇の端を舐めた。

闇の向こうに何がある。

オアシスか、それとも全く別のものだろうか……。

立ち止まっていたのは僅かな間、細めた目が戻り、引き締めた唇の中で何かを呟いた、その後だ。

來栖穣介は闇に向かい、ゆっくりと歩きだした。

あとがき

小説を書いた事もないし、あまり読んだこともありません。それに文章を書くのも苦手、そんな私が本を出したのですから、自分でも夢のようです。その夢のキッカケは皮肉にもコロナでした。外に出られない為、ぼんやりとパソコンで小説らしきものを書き、それが意外に面白かった。もっとも自画自賛ですが、そこから小説を書き始め、ドンドン作品が出来てしまい自分でもびっくり、その中の一つを、縁あって文芸社様から本として出させてもらう事になりました。

小説はあまり読まなくても、映画は好きでした。映画を見ているような小説を書きたい、読む動画ですね、そんな作品を作るのが私の目標です。

偉そうなことを言いましたが、文学的素養はゼロ、格調高い文は書けません。唯一の長所は平坦な文で読みやすい事、文芸社様にもそこは認めてもらいました。

読みやすいだけの拙い作品ですが、少しでも楽しんで頂ければ幸いです。

この本を手に取ってもらっただけで感謝感激、素人の稚拙な作品に目を通して頂き、ありがとうございました。

本作品はフィクションです。実在する個人名・団体名とは一切関係ありません。

著者プロフィール

乃元 勉（のもと つとむ）

1957年、埼玉県生まれ。
食品メーカーに勤務、退職後小説を書き始める。
空に浮かぶ雲の写真を撮る事と、お酒の知識を集めるのが趣味。自称、日本酒研究家。
「人を楽しくさせるのは素晴らしいこと」が座右の銘。

危険屋稼業 危ないショートストーリー

2023年9月15日 初版第1刷発行

著 者 乃元 勉
発行者 瓜谷 綱延
発行所 株式会社文芸社
〒160-0022 東京都新宿区新宿1－10－1
電話 03-5369-3060（代表）
03-5369-2299（販売）

印刷所 株式会社暁印刷

ISBN978-4-286-24491-4